울퉁불퉁한 날들

★공고 별별학생들과
함께한 교단일기

조혜숙 지음

Humanist

# 울퉁불퉁한 날들의 기록

2008년 2월 15일, ☆공고로 발령을 받았다. 중학교에서 근무하다가 고등학교로 옮기고 싶어 세 해째 신청서를 낸 결과였으니 기쁜 일일 터였다. 그러나 ☆공고 발령은 걱정과 두려움으로 다가왔다. 전보 희망서를 제출할 때, 동료 교사가 "☆공고에 발령 날 수도 있는데 괜찮겠어요?" 하고 묻던 일이 떠올랐다. 이 지역에서는 중학교에서 고등학교로 옮기는 경우, 대부분의 교사들이 근무를 기피하는 ☆공고로 갈 가능성이 높다는 말을 들었지만 '설마' 했는데……. 소식을 들은 동료들도 염려했다.

중학교에 근무하면서 내가 담임을 맡았던 학생들 가운데 단 한 명을 ☆공고에 보냈다. 될 수 있으면 다른 학교에 진학시키고 싶어 몇몇 학교를 알아보았지만 아이의 성적이 매우 낮아서 모두 좌절된 경우였다. 그리고 이듬해 초여름, 그 아이가 나를 만나러 왔다. 수업을 하고 있는데, 반팔 티셔츠를 입고 복도에 서서 물끄러미 나를 바라보고 있었다. 이러저러한 사정으로 학교를 그만두었다는 이야기에 내 잘못인 것 같아 마음이 좋지 않았다.

☆공고는 전문계 고등학교 중에서도 중학교 내신 성적이 낮은 학생들이 진학하는 학교이다. 아이들의 가정 형편 역시 대체로 어렵다. 한 해 입학생 420여 명 중 100명 정도가 중도에 학업을 포기한다.

대부분 남학생인 공업 계열 고등학교라는 것, 학업 성취가 낮은 아이들이 모인 학교라는 것. 이것이 내가 ☆공고에 대해 알고 있는 전부였다.

아이들이 거칠 것이라는 짐작 정도는 하고 있었다. 과연 예상대로 학생들은 욕을 많이 했고 담배를 많이 피웠다. 공부를 하지 않으려고 했다. 가방이 없이 또는 빈 가방을 들고 학교에 왔고, 펜이 없었다. 일부는 거칠었고 대부분은 무기력했다. 공부를 가르치면서 아이들과 사귀는 것을 좋아했던 내게 ☆공고의 상황은 참 난감했다.

교육 일기를 써 봐야겠다는 생각이 들었다. 기쁜 일은 기록하지 않아도 그 자체로 충만하지만, 힘든 일을 겪을 때는 글을 쓰면서 상황을 돌아볼 수 있고 부정적인 감정을 가라앉힐 수도 있을 거라고 생각했기 때문이다. 그것이 이곳에서의 시간을 견뎌 내는 방법이 될 수 있을 것 같았다.

일기를 쓰기 위해 주변을 관찰했다. 그렇게 일기를 쓰면서 ☆공고에 완전히 적응하지도 않고 적응 못하지도 않은 상태로 지낼 수 있었다. 상황에 적응하지 못하는 것에 대해 늘 불편한 마음을 안고 있었지만, 동시에 잘 적응하게 되는 것이 두렵기도 했다.

처음에는 아이들이 낯설고 어려웠다. 아이들에 대해 아는 것은 없고 편견은 많아 겁이 났다. 담임을 맡은 뒤로 아이들과 함께 2학년, 3학년으로 자라면서 아이들을 가까이에서 보게 되었다. 지금 나와 만나는 모습뿐만 아니라 ☆공고에 오기 전의 모습, 가정 형편과 학교 바깥에서의 생활을 듣게 되었고, 아이들의 답답한 현실과 고민 등도 알게 되었다. 그러면서 여러 가지 감정이 생겨났다.

 나중에는 아이들이 아닌 다른 문제 때문에 답답하고 화가 났다. 교육과학기술부와 교육청은 특성화 고등학교(전문계 고등학교)에 취업 강화를 요구하면서, 교육과정이 인문계 고등학교와 다른데도 같은 수준의 학업 성취도 평가를 치르게 하고 있었다. 그뿐만 아니라 그 결과에 대해 같은 기준으로 학교를 평가했다. 또 대학 입시에서 특성화 고등학교 특별 전형이 과연 아이들을 배려하는 방안인지 의문이 들었다. 인문계가 아닌 길을 선택한 아이들에게 제시해야 하는 그림은 대학 진학이 아니라 다른 것이어야 한다고 생각했다. 특성화 고등학교, 마이스터 고등학교, 자립형 사립 고등학교, 자율형 공립 고등학교, 특수 목적 고등학교 등 다양한 학교를 지향하려는 노력도 결국 교육과 입시를 거의 동일시하는 획일적 생각 앞에서 무력해진다는 것을 알게 되었다. 학교 안팎으로 몇 가지 문제를 제기해 보기도 했다. 하지만 문제 제기에 그쳤다.

 그러한 나의 좌절에 아랑곳하지 않고 아이들은 남과 비슷하지 않은 방식으로 나름의 그림을 그려 나갔다. 아이들은 그 무엇보다도 '먼저 판단 하지 말고, 있는 그대로 보아야 한다'는 것을 내게 가르쳐 주었다. ☆공고에 근무하는 동안, 그것을 반복해서 연습하도록 해 주었다. 그리고 밉지만 불쌍하고, 화가 나면서 안타깝고, 이해가 되지 않지만 안아 주어야 하는 장면을 경험하도록 해 주었다.

☆공고 졸업생 영덕이는 가끔 전화를 해서 다짜고짜 묻는다. "선생님, 비 오는데 뭐 해요?" 나는 "네 생각을 하고 있었어."라고 대답한다. 그러면 영덕이는 선생님이 사기꾼이 다 되었다고 우스갯소리를 한다. 그러면서 지금 학교의 아이들은 어떠냐고 물으며, 말 안 듣는 아이가 있으면 바로 연락하라고 한다. 졸업을 못할까 봐 가장 조마조마했던 영덕이가 이젠 나를 염려해 준다. 그러면서 "선생님, 우리 잊으면 안 돼요." 한다. 나는 또 조금 걱정이 되려고 한다. 이런 걱정이 계속되면 좋겠다.

　마지막으로 이 글에서 부정적으로 그려진 분들에 대해, 인간의 복잡하고 다면적인 면 가운데 하나를 묘사한 것이라고 이해해 주시기를 바란다. 이 글의 이야기는 모두 사실이나 사람들의 이름은 바꾸었음을 밝힌다.

조혜숙

**1**

**낯선 아이들**

## 2 오! 오토바이

# 3
## ☆ 공고 별별 사건

# 4
# 교과서를 던지다

# 5 공부는 어떻게 하는 거예요?

# 6 학교 밖 세상으로

# 1

## 낯선 아이들

2008년도 2학기

나는 생활지도부 소속이다. 생활지도부는 학교 내 경찰서와 같은 곳이다. ☆공고의 경찰서는 어떠할까. 생활지도부에는 열 명의 선생님이 있다. 돌아가면서 아침에 정문 지도를 하고, 학과를 나누어 맡아 그 학과에서 일어나는 문제들을 처리한다. 한 학년은 열네 반이며 아홉 학과가 있다. 나는 디자인과와 영상과의 생활 지도를 맡게 되었다. 디자인과와 영상과가 다른 과에 비해 여학생이 많은 편이어서 여교사인 내게 배정된 듯하다.

오늘은 생활지도부 선생님들과 함께 학교 식당에서 점심을 먹었다. 나보다 먼저 발령을 받아 온 최 선생님이 학교 밥이 맛없다고 했는데, 생각보다 괜찮았다. 학교생활에 대한 기대가 낮아서일까? 나는 먹을 만하다고 생각했다.

작년에 모 공업 고등학교에서 강남의 명문 여자 고등학교로 옮긴 김 선생님 이야기를 꺼내 봤다. 전문계 고등학교 근무에 대한 다른 선생님들의 생각을 들어 보기 위한 화두라고 할까.

김 선생님은 새로 옮긴 학교의 선생님들뿐 아니라 학생들도 편하지 않다고 했다. 김 선생님은 학생들이 자신을 집의 가사 도우미보다 못하게 여기는 것 같다고 했고, 자신은 내신 성적을 매기는 도우미처럼 느껴진다고도 했다. 평소에는 대화도 없다가 성적과 관련된 일이 생기면 아이들이 반응을 보이고 매달린다는 것이다. 입시에 필요한 공부는 학원에서 다 하고 오니, 학교 선생으로서의 존재감이 공업 고등학교에서보다 낮은 것이다. 첫 발령지로

전문계 고등학교에서 근무하다 강남의 인문계 고등학교로 옮겼으
니 여러 면에서 큰 차이를 실감할 것이다. 학생들의 성적도 가정
형편도 큰 차이가 있을 것이다. 선생님들도, 학교의 조직이나 운영
도 많이 다를 것이다.

역사를 가르치는 정 선생님이 "교사가 학생에게 맞춰야지, 학생
이 이러저러하기를 바라는 것은 안 돼요."라고 말씀하셨다. 인문계
고등학교로 옮겼으면 교사가 그 학교 학생들 수준에 맞춰 수업
수준이나 방법, 태도 등을 바꿔야 한다는 말이다. 학생들이 예민
하다거나 새침하다거나 이기적이라거나 하는 그런 불평들은 하지
말아야 한다는 뜻이다. 마치 내게 하는 이야기 같았다.

☆공고로 오게 된 나 또한 걱정만 가득하다. 전에 근무하던 중
학교에서 ☆공고에 원서를 냈던 아이들의 학업 성취가 어떤지 알
기에 수업을 어떻게 해야 할지 걱정이 앞선다. 그리고 나는 ☆공
고로 발령받은 상황을 원망하고 있다. 그러니 '교사가 학생에게
맞춰야 한다'는 말은 지금의 내가 새겨야 할 말이다.

평소에는 꿈을 잘 꾸지 않았는데, 요즘은 자주 꿈을 꾼다. 꿈에서 얼굴을 알 수 없는 아이들이 내게 반항하고 욕을 한다. 교실에서 나 복도에서나 상욕을 너무 많이 듣다 보니 그런 꿈을 꾸나 보다. 아이들은 큰 소리로 거침없이 욕을 한다. 교사가 복도에 있건 없건 상관하지 않는다. 듣기가 싫고 불편하지만, 욕하는 아이가 무서워 잔소리도 못한다.

전자과 2학년 수업에 들어가 욕의 어원에 대해 설명해 주었다. 그리고 수업 시간에 욕을 하지 말라고 당부했다. 하지만 몇몇 아이들은 아주 신나게 욕을 해 댄다. 너무 많이, 한참을 한다. 이한우는 쇠못 모양의 귀걸이, 쇠사슬 같은 팔찌, 해골 반지, 번쩍이는 커다란 금색 시계를 차고 책상 위에 다리를 올리고 앉아 심하게 욕을 해 댄다. 그 욕은 길고 복잡하다. 불량배가 나오는 드라마를 보는 것만 같은데, 눈앞의 일이다. 다른 아이들은 이한우의 그런 태도에 별 반응을 보이지 않는다. 한우를 앞으로 불러냈다.

"욕의 어원을 배운 것은 그 뜻을 알고 부끄러움도 알라는 것인데, 수업 중에 그렇게 욕을 하는 것은 좋지 않아."

"네, 안 그럴게요."

한우는 자리로 가면서 건들건들 몸을 흔들어 댔다.

수업 시간 50분을 다 채우기가 힘들다. ☆공고 아이들의 학업 성취가 어느 정도인지 잘 알고 있어서 수업이 더 두렵다. 어쨌든 아주아주 쉬운 수업을 해야 한다고 생각하고 있다.

18

1교시에 건설정보과 1학년 수업이 있었다. 그동안 교과서로 수업
을 해 보니 학생들은 어려워서 시큰둥해 했다. 그리고 나는 어떻
게 수업을 해야 할지 난감하기만 했다. 그래서 시 공책 만들기를
해 보았다. 네 면이 나오게 A4 용지를 반으로 접어, 면마다 시를
쓰고 그림을 그렸다. 중학교에서 수행 평가로 했던 것을 적용해
보기로 한 것이다.

   시 여섯 편을 주고 마음에 드는 것을 골라 옮겨 쓴 뒤 마음에
든 이유를 적어 보라고 했다. 그리고 시 공책의 제목을 지어 보라
고 했는데, 반 회장인 영민이가 '날 왜 이렇게 낳았어!'라고 적었
다. 돌아다니면서 아이들이 어떻게 하고 있는지 살펴보다가 영민
이가 지은 제목을 보고 얼굴을 보니까, '뭘요?' 하는 듯이 쳐다보
았다. 영민이에게 왜 그렇게 제목을 지었는지 묻고 싶기도 했는데,
아무 말도 하지 않았다. 아이들의 얼굴과 차림새에서 아이들이 처
해 있는 형편을 짐작할 수 있기 때문이다. 아이들 얼굴은 깔끔한
것과는 거리가 멀다. 교복도 셔츠도 집에서 잘 챙겨 준 상태가 아
니다.

   학생들의 형편에 대해 막연하게 짐작하는 바가 있어 다른 학
교에서와는 다른 태도로 학생들을 대해야 한다고 생각하고는 있
지만, 그렇다고 해도 교실 불을 끄고 어둡게 있거나 수업할 준비
를 전혀 하지 않거나 필기도구도 없이 있는 것, 교사가 앞문을 열
고 들어가도 하던 일을 계속하고 관심을 보이지 않는 것 등은 낮

설고 불편하다. 그러니 수업 시간에 성의 있는 태도, 마음을 담은 자세를 기대하기는 힘들다. 또 교실 바닥은 무척 더럽다. 껌이 달라붙은 자국, 침 뱉은 흔적이 꽤 많다. 이런 경우 청소부터 시작하고 수업을 할 텐데, '신참인 내가 까불면 안 되지.' 하는 마음으로 바라보고만 있다. 다른 선생님들은 어떻게 수업을 하는지 궁금하다.

이 학교에는 100여 명의 교사가 있다. 전공과목(공업 계열) 선생님이 많다. 그리고 다른 학교에 비해 장년층의 남자 선생님이 많다. 학교 규모도 크다. 큰 건물이 다섯 동이나 되고, 운동장도 넓다. 하지만 점심시간에 그 넓은 운동장에서 공을 차는 아이는 많지 않다. 점심시간에는 교실 불을 끄고 휴대폰으로 게임을 하거나 엎드려 있는 아이가 더 많다. 혹은 어딘가에 숨어 담배를 피우는지도 모르겠다. 복도 화장실 근처를 지날 때면, 몇몇 아이가 "선생님, 저 안에서 지금 담배 피우는데요." 하며 이르곤 한다. "선생님이 들어가서 잡아 봐요." 하며 웃는 얼굴이 무섭다. 남자 화장실에 들어가서 흡연하는 학생을 잡는 일은 생각도 못하겠다. 명색이 생활지도부 소속인데 말이다.

지금까지 본 학교의 상황은 예상했던 것보다 심각하다. 서울 시내 고등학교에서 이런 수업을 하게 되리라고 생각도 못했다. 내가 고등학교 전보 신청을 했던 것은 고등학교 교육과정을 수업해 보고 싶어서였는데, 중학교 수업보다 훨씬 더 쉬운 것을 가르쳐야 할 것 같다.

5교시에는 보강 수업으로 기계과 1학년 수업을 했다. 내가 수업을 들어가는 반은 아니다. 기계과 아이들 얼굴과 차림새에서도

'가난'이 보인다. 게다가 교실이 너무 더러워 위생이 걱정스러울 정도이다.

중학교에서 시험 끝나고 많이 해 보았던 영화 제목 맞히기를 했다. 한글의 초성만 써 놓고 맞히는 것이다. 예를 들어, 한 사람이 'ㅊ ㅅ ㄹ'이라고 쓰면 다른 친구들이 '첫사랑'이라고 맞히는 것이다. 그리고 맞힌 사람이 나와 다시 문제를 내는 식이다. 아이들은 주로 요즘에 상영 중인 영화 제목을 문제로 냈다. 다섯 개 이상 맞히면 볼펜을 주겠다고 하니까, 공부와 관련된 것은 필요 없고 빵이나 우유를 사 달라고 했다. 그러겠다고 했다. 서너 명 빼고 모두 참여했다. 누구 하나 뒤지지 않고 모두 열심히 영화 제목을 맞혔다. 야한 영화의 제목이 나오면 쑥스러워 하면서도 무척 즐거워했다. 그리고 엉뚱한 제목이 나오면 깔깔거리고 웃었다. 이런 게임을 좋아하는 것을 보니 다른 학교의 아이들하고 다를 게 없다는 생각이 든다.

다섯 개 이상 맞힌 다섯 명에게 빵과 음료수를 사 줬다. 그냥 따라온 두 명에게도 음료수를 하나씩 사 주니까 좋아했다.

☆공고 와서 처음으로 매를 들었다. 30센티미터 자로 손바닥을 세 대 때렸다. 1학년 건설정보과 수업이었는데, 도서실에서 책 읽기를 하고 있었다. 자유롭게 책을 골라 읽으라고 하고, 나도 도서관에 있는 책들을 살펴보고 있었다. 그런데 김광주와 권순영이 학교 졸업 앨범을 여러 권 쌓아 놓고 학생들 얼굴을 보면서 낄낄 웃었다. 앨범을 보지 말고 책을 골라 읽으라고 했는데 내 말은 들은 척도 안 했다. 게다가 앨범을 찢기까지 했다. 몇 차례 지적을 했는데도 듣지 않고 무례한 태도를 보여서 가지고 있던 자로 손바닥을 때렸다. 김광주도 권순영도 어이없다는 듯이 나를 보며 매를 맞았다. 때리는 나도 마음이 안 좋고 불편하였다.

책을 읽는 아이들도 태도가 안 좋았다. 엎드려 자거나 잡담을 했다. 아이들이 읽을 만한 책이 도서실에 많지 않아서일까. 사실은 도서실 수업에서 내가 활동을 잘 이끌어야 하는데 교사가 무기력한 태도로 있으니, 내 책임이 컸다.

나는 학생들의 무기력한 모습을 보는 게 불편하고, 그 모습 속에 내가 보여 더 불편하다. 아이들과 말을 해 보려고 시도하다가도 어떤 식으로 대화를 끌어가야 할지 몰라 입을 다물게 된다. 무례함과 무기력이 뒤범벅된 도서실에게 아이들에게도 나에게도 화가 나고 있었다.

"선생님, 왜 감정을 실어서 때려요?"

광주가 말했다. 사실 그랬다. 몇 차례 지적해도 내 말을 무시해서 기분이 좋지 않았다. 그런데 그런 지적을 받으니 기분이 이상했다. 교사가 되고 나서 처음 들어 본 말이었다. 광주는 체벌에 대한 불만을 표현하고 있었다. 광주에게 그렇게 느꼈다면 미안하다고 했더니, 광주도 "저도요." 하고 말했다.

나는 무엇이 미안한 것일까. 그 아이는 내 행동이 '감정적'이라는 것을 감각적으로 아는 것이다. 감정적인 대응은 반감만 줄 뿐이다. 게다가 매까지 들었으니 내가 미안한 것이 맞다. 아이들과 관계 형성이 되어 있지 않은 상태에서 매까지 들었으니 내가 성급했다. 화가 난 채로 매를 들면 안 된다. 아니 앞으로는 자 같은 것도 가지고 다니지 말아야겠다.

부끄럽다. 매를 든 것도 부끄럽고, 수업 시간에 무기력한 것도 부끄럽고, 아이들을 제대로 이끌지 못하는 것도 부끄럽다. 여기에 있는 나, 이런 식으로 시간을 보내고 있는 내 모습을 긍정적으로 볼 수가 없다.

아이들이 모의고사를 치렀다. 시험 감독을 해 보니, '☆공고 아이들이 혹시 볼지도 모를' 수능 연습이라는 것 말고는 의미가 없었다. 거의 모든 아이들이 시험 문제를 읽지도 않고 답을 찍어 쓴 다음 잠을 잤다. 자고 또 잤다. 너무 자서 지겹다고 빨리 답지를 걷으라고 했다.

　시험 감독을 하면서도 뭐라 할 말이 없었다. 아이들이 풀 수 없는 문제들이 가득했기 때문이다. 아이들은 차라리 수업이 낫다고 말했다. 가만히 앉아 있어야 하는 게 힘들었나 보다. 시험지를 접고 날리고 찢었다. 시험을 이런 식으로 보는 아이들은 난생처음 본다.

○○경찰서에 가서 최 형사를 만났다. 학교 밖에서 우리 학교 여학생과 다른 학교 남학생이 문제를 일으켰다. 지난봄의 일이라는데, 뒤늦게 아이들 사이에 소문이 나면서 여학생이 곤혹을 치르고 있었다. 같은 학과의 여학생들이 소문을 내고 따돌리는 문제가 생겨서 알려지게 된 일이었다. 여학생은 성폭력이라고 하고, 남학생은 아니라고 주장했다고 한다. 그 당시 같은 공간의 다른 방에 있었던 여학생의 친구는 남학생과 같은 의견이었다. 최근에 이를 알게 된 여학생 부모가 경찰에 신고를 하면서 학교에서도 이 문제를 논의하게 되었다. 경찰이 조사를 해야 하는데, 여학생들이 경찰서에 가서 조사를 받는 게 힘들다고 해서 아이들은 학교에서 진술서를 쓰고 내가 경찰서로 가서 전달하게 되었다.

성(性)과 관련된 문제는 불편해서 피하고 싶었는데, 내가 생활지도를 맡은 학과의 아이들이라 피할 수가 없었다. 이럴 때 어떻게 해야 할지를 몰라 ☆공고 근무 4년차인 옆자리 여선생님께 조언을 구했다. 그러고 나서 당사자인 여학생과 그 친구를 불러 사건의 전말을 듣고 진술서를 쓰게 했다. 당사자인 아이는 이야기를 하면서 많이 울었다.

"네 잘못이 아니야."

나는 그렇게 말했지만, 내 말이 아닌 것 같아 자연스럽지 않았다. 여학생의 친구는 무슨 일 때문에 여학생과 사이가 틀어졌는지 모르지만 호의적이지 않았다.

두 여학생이 쓴 진술서를 가지고 경찰서로 갔다. 최 형사를 찾으니 경찰서 안쪽으로 들어가라고 한다. 경찰서에 온 것만으로 내가 죄를 지은 듯 위축되었다.

어떤 방으로 안내되었다. 한쪽 벽이 검은 유리로 되어 있었는데, 아마 바깥에서 유리를 통해 이 방의 모습을 볼 수 있는 듯했다. 영화에 나오는 피의자를 심문하는 방 같았다. 아이들이 쓴 진술서를 바탕으로 최 형사가 한 시간 동안 조서를 쓰면서 내게 이런저런 질문을 했다. 진술서 내용 말고는 나도 말할 것이 없었다. 질문 가운데 성적인 것과 관련된 희한한 질문이 있었는데, 마음이 상하지는 않았다. 경찰서로 오는 동안 이런 상황을 '어드벤처'라고 생각하기로 마음먹었기 때문이다. 조서를 다 쓴 뒤에 최 형사는 내게 사실과 다른 부분이 있는지 한번 읽어 보라고 했다. 나는 사실을 모르기 때문에 아이들이 쓴 진술서와 다른 부분을 찾으려 했고, 틀린 문장들을 찾아 말해 주었다. 최 형사는 조금 불쾌해 했다.

"원래 조서는 손 못 대게 하는 건데요."

내가 자꾸 정확하지 않은 문장을 바로잡자 최 형사가 말했다.

"국어 선생님이라 어쩔 수 없네요."

최 형사는 고치라고 펜을 내주었다. 나는 조서를 읽으며 틀린 문장을 바로잡았다. 최 형사는 조서를 다시 썼고, 나는 두 번째 조서를 읽었다.

조서라는 단어를 일상에서 만나는 건 처음이다. 2008년 노벨문학상을 받은 르 클레지오의 소설 《조서》가 생각났다. 그 단어가 현실에서는 이런 상황을 말한다는 것을 알게 된 날이었다.

**아이들과 어떻게 놀지?**

10월은 중간고사, 청계천 걷기, 축제 등의 행사가 있어 금방 지나
갔다. 만 두 달이 지났지만 아이들의 비속한 말과 의욕 없는 행동,
복도에서 나는 담배 냄새, 인사하지 않고 지나가는 아이들 모습
이 아직도 익숙하지 않다. 하지만 나는 아이들의 모습을 아무렇
지도 않은 척, 놀라지 않는 척하며 본다. 그리고 '이겨 내야지.' 하
며 마음을 다잡는다.

이 학교로 발령을 받은 뒤 인사를 왔을 때가 생각난다. ☆공고
국어과 선생님들이 함께 발령을 받은 여교사 세 명에게 칼국수를
사 주었다. 정년을 2년 앞두셨다는 이 선생님이 말씀하셨다.

"이 학교에서 교재 연구할 생각하지 마요. 그냥 아이들이랑 즐
겁게 놀면 돼. 그래야 서로 스트레스 안 받거든."

그러자 정년이 3년 남았다는 차 선생님이 이어서 말씀하셨다.

"그래도 여기서 영 수업을 안 하면 녹이 스니까, 가끔 EBS 강의
찍는다 생각하면서 혼자 한 시간 동안 진도 나간다니까."

그때만 해도 웃고 말았는데, 이제는 웃을 수가 없다. '아이들과
어떻게 놀지? 무슨 이야기를 하면서 놀지?' 아이들의 무기력이 내
게도 점점 전염되는 것만 같다.

5교시 건설정보과 1학년 수업이 엉망이었다. 아이들은 수업 시
작부터 떠들어 댔다. 준비해 간 학습지는 대충 하고 잠을 자거나
서로 잡담을 하거나 돌아다녔다. 눈앞의 현실인데도 나쁜 꿈을
꾸는 것만 같았다. 나는 교실에서 투명 인간으로 서 있는 것 같았

다. 화를 내면 나만 우스워진다고 생각하니 아무 말도 나오지 않았다.

올해 중학교에서 ☆공고로 발령받은 교사들이 모여 가끔 밥을 먹는다. '중용모'라고 '중학교에서 와서 용쓰는 사람들의 모임'이다. 만나면 "기가 막힌다, 말도 안 된다, 학교도 아니다."라는 푸념을 한다. 그것도 계속 반복되니 위로가 되지 않고 더 힘이 든다. 그중 한 선생님이 수업 시간에 아이들에게 "너희들 왜 이렇게 사니? 열심히 배우려고 좀 해 봐. 이렇게 해서 나중에 어떻게 살래?"라고 잔소리를 했다고 한다. 그러자 아이들이 그 선생님을 '된장녀'라고 하면서 그때부터 수업 시간에 더 나쁜 태도를 보인다고 했다. 잔소리를 한 것이 '된장녀'로 연결되려면 여러 단계를 거쳐야 할 듯한데, 어쨌든 괜히 아이들의 심기를 건드렸다가 사태가 더 나빠질지 모른다.

교과서의 내용을 가르치는 건 이 아이들에게 적당하지 않다. 그렇다고 날마다 시를 쓰고 색연필, 사인펜으로 그림을 그릴 수도 없다. 그때그때 임시방편으로 학습지를 만들어 쓰는 것도 한계가 있다. 무엇을 어떻게 해야 할까. 어제 시내에 나갔다가 어떤 건물 엘리베이터에서 넬슨 만델라가 한 말을 적어 놓은 것을 보았다.

세상에서 가장 어려운 일은 세상을 바꾸는 것이 아니라 자기 자신을 바꾸는 것이다.

내게 주어진 이 상황을 바꿀 수는 없을 것이다. 나를 바꿔서 아이들에게 맞춰야 한다. 그렇게 해야 한다고 마음은 먹고 있다.

28

건축과 2학년 최진태는 키도 크고 얼굴도 각지고 머리도 밀어서
좀 무섭다. 첫 수업 때 자기소개를 하자고 했더니, 최진태가 삐딱
하게 앉아 무례한 말투로 말했다.

"선생님이 먼저 해 봐요."

나는 당황했지만, 모 중학교에서 근무하다가 올해 ☆공고로 왔
다고 간단하게 소개했다. 아줌마냐고 묻기에 그렇다고 했다. 그 후
수업을 하면서 말을 걸었더니 진태도 이전보다는 다소 누그러진
말투로 이야기를 하게 되었다.

올해 같이 발령받은 정 선생님, 최 선생님과 '자아 탐구' 학습지
를 공동으로 만들어서 사용하고 있다. '자아 탐구' 학습지는 자신
에 대해 글을 써 보고, 마인드맵도 하고, 인생 그래프도 그려 보
기 위해 만든 것이다. 교과서로 진도 나가는 것보다 이런 학습지
로 수업을 하는 것이 학생들의 자기 이해를 도울 수 있을 듯하고,
우리가 아이들을 이해하는 데에도 도움이 될 듯했다. 그 학습지
에 아이들이 자신의 이야기를 쓴 것을 보면서 조금씩 아이들과
대화를 하게 되었다.

진태가 무슨 이야기 끝에 친누나에게 크리스마스 선물을 하려
고 돈을 모으고 있다고 해서 칭찬을 해 주었다. 그랬더니 자기 이
야기를 조금씩 더 했다. 진태는 큰 소리로 이야기를 하기 때문에
다른 아이들도 다 들을 수 있다는 것이 단점이기도 하고 장점이
기도 하다.

'자아 탐구 학습지'에 현재의 자신을 만든 다섯 가지 사건에 대해 쓰는 것이 있었다. 진태는 그중 하나로 '초등학교 조회 시간의 일'이라고 썼다. 무슨 이야기가 있는지 궁금했다.

진태는 "초등학교 때 교장 선생님이 조회 시간에 전교생을 모아 놓고 조회대에 저를 불러 세우고는 '이 학생처럼 되면 안 돼. 아주 불량하고 나쁜 학생이야.'라고 했어요." 하고 말했다.

그러고는 이어 말했다.

"그 ×× 때문에 난 더 나쁜 놈이 됐어요."

진태는 밀어 버린 머리를 뒤에서 앞으로 쓸었다.

듣고 보니 마음이 좋지 않았다. 거칠어 보이고 좋지 않은 행동을 했다 해도 어린 나이에 그런 경험을 했다는 것은 안타까운 일이기 때문이다.

"네가 마음이 많이 상했겠구나. 그런데 지난 일이니 그 선생님을 용서해라."

"선생님, 교회 다녀요?"

난 웃으면서 아니라고 했다.

"근데 웬 용서?"

그 말이 재밌어서 또 웃었다.

"그 교장 선생님도 안됐잖아. 어린 너에게 상처가 되는 줄도 모르고 그렇게 하셨으니."

"다 잊었어요!"

"와, 훌륭하다. 상처 받은 일을 잊는 것이 가장 큰 용서라고 하던데."

《연을 쫓는 아이》라는 소설에서 "용서란 요란한 깨달음의 팡파

르와 함께 싹트는 것이 아니라, 고통이 소지품을 모아서 짐을 꾸린 다음 한밤중에 예고 없이 조용히 빠져나갈 때 함께 싹트는 것이 아닐까?"라는 구절을 여러 번 읽어 둔 덕분이었는지 그런 말이 나왔다.

좀 가볍게 이야기하긴 했지만 '상처, 용서, 잊는 것' 이런 말을 쉽게 하지 못할 만큼 학교에서는 많은 상처를 주고받는다. 나 역시 그랬을 것이다. '다 잊었어요!'라고 말하는 것은 아직까지 기억하고 있다는 것이지만, '잊으려는 마음'을 가지고 있는 것이다. 기특하다는 생각이 든다.

**간을 보다**

지난 토요일 방과 후 전자과 이진영, 소세현, 안인태와 짜장면을 먹었다. 얼마 전 학교 축제 때 내 일을 도와주어 고마움을 표현하고 싶었다. 나는 계발 활동으로 보드게임반을 맡고 있는데, 학교 축제 때 학생들이 보드게임을 할 수 있도록 교실을 꾸미고 학생들과 함께 게임을 하면서 작은 행사를 진행해야 했다. 보드게임을 잘하지도 못하고 여러 가지로 미숙하여 수업을 들어가는 반 아이 가운데 가장 온순하게 보이는 진영이에게 도와 달라고 부탁했다. 진영이는 자신과 친한 세현이를 데리고 왔고, 두 친구가 잘 도와줘서 무사히 행사를 마칠 수 있었다. 진영이는 보드게임을 하러 온 아이들에게 게임을 어떻게 하는지 가르쳐 주기도 하고, 함께 놀아 주기도 했다. 세현이는 옆에서 조용히 웃으며 있었다. 그 둘이 없었으면 나 혼자는 할 수 없는 활동이었다.

그날 함께 있으면서 진영이와 이런저런 이야기를 했다. 진영이는 모 중학교를 졸업했다는데, 이야기하다 보니 중학교 3학년 때 담임 선생님이 내가 아는 분이었다. 그 선생님이 추천해서 ☆공고에 왔는데, 정말 배운 것이 하나도 없다고 했다. 그런데 푸념 속에 화는 없었다.

진영이는 주로 아르바이트 경험을 이야기했다. 현재는 ○○여대 앞의 횟집에서 아르바이트를 하고 있다고 했다. 주방이 아주 더럽다면서 "그 집에서는 식사하지 마세요."라고 했다. 반찬 그릇도 어떤 땐 세제물을 헹구지도 않는다면서, 자신은 그런 집에서 밥을 안 먹을 것이라고 한다. 내가 웃으면서 들으니, "선생님, 정말이에요." 하면서 여러 번 강조했다. "주방에 쥐가 다닌다고요." 했다. 그리고 또 불판을 닦는 고깃집 아르바이트는 정말 힘들고 노동 착취라고 했다. 여러 아르바이트 중에서 불판 닦는 일이 가장 힘들고, 치킨 배달이 가장 돈을 많이 받는다고 했다.

세현이는 늘 축구화를 신고 다녀서 축구를 좋아하냐고 물었더니 그렇다고 한다. 얼굴이 조금 검고 여드름이 많이 났는데, 부끄러움을 타는지 세현이 이야기도 진영이가 대신 해 주었다. 세현이는 진영이가 이야기하는 내내 슬쩍 웃기만 하고 말은 거의 하지 않았다.

인태는 짜장면을 먹는다는 얘기를 듣고 따라왔다. 내게 같이 가도 되냐고 묻지도 않고 따라왔다. 인태는 늘 미간을 찡그리고 다닌다. 밥을 먹는 내내 욕을 하고 거칠게 행동했다. 어머니 욕도 했다. 왜 따라와서 그런 행동을 하는지 이해하기 힘들었지만, 밥 먹고 있는데 잔소리를 할 수도 없었다. 좋은 마음으로 밥을 사 주는데, 기분이 점점 나빠졌다. 진영이와 세현이는 인태의 그런 태도에 신경 쓰지 않는 듯했다.

오늘 수업에서도 인태는 계속 욕을 하고 거칠게 행동했다. 공부를 안 하는 것은 물론이고 수업을 방해하면서 불쾌하게 했다. 나는 속으로 '짜장면도 얻어먹었으면서, 참 나.' 하고 생각했다. 나를 불편하게 하기로 작정했나 보다. 눈빛이 매섭기도 하고, 잔소리를 하면 심하게 대들 것 같아 꾸짖지도 못했다.

'저 아이의 저런 행동은 위악일까? 천성일까? 습관일까?'

이렇게 생각하고 있는데 갑자기 또 다른 아이가 일어나 바지를

속옷이 보이게 반쯤 내렸다가 올리고 벨트를 채웠다. 예전 학교에
서는 보기 흉한 행동을 하는 아이를 보면 지적하고 그것이 왜 잘
못되었는지 알도록 이야기를 했는데, 지금은 못하겠다. 그뿐만이
아니다. 뒤에 앉은 아이들은 일부러 성(性)과 관련된 말을 큰 소리
로 하고 나를 보기도 한다.

"어젯밤 좋았냐?"

"선생님, 요한이는 지난 주말에 홍대 앞 클럽에서 재미 보고 왔
대요."

아이들이 선생을 '간을 본다'는 말을 들었다. 이렇게 저렇게 시
험해 본다는 것이다. 나는 못 들은 척 안 본 척하면서 외면하고,
그러면서 그 정도로는 놀라지 않는다는 것을 보여 주려고 한다.
'기가 막히고 어이없다'는 표정을 짓지 않으려고 한다.

상욕에는 어느 정도 적응이 되었다. 요즘 듣기 불편한 말들은
수업 중에 "쉬 마려워요." "똥 마려워요." 하는 말들이다. 아무렇지
도 않게 그런 말을 한다. 그리고 빨리 화장실에 보내 달라고 한다.
그러면 또 다른 학생들은 보내 주지 말라고 한다. 화장실에 가서
담배 피우고 올 거라고 한다. 그러면 화장실 보내 달라는 아이는
욕을 하면서 더 심한 말로 가야만 한다고 한다. 그러면 나는 보내
주고 만다.

그 과정도 문제지만, 아이들의 '언어'에 대해 생각하게 된다. 처
음에는 나를 불쾌하게 하려고 그러는 줄 알았는데, 대부분의 아
이들이 그렇게 말하고 아무렇지도 않은 것을 보니 '언어생활이 이
렇구나.' 하고 생각하게 된다. 고치라고 말을 해 보는데, 진지하게
듣지 않는다. 아이들은 고칠 생각이 없어 보인다.

**동변상련**

한 이틀 ☆공고를 떠날 궁리를 열심히 했다. 부적응, 원거리, 초빙 등등. '견뎌야 한다'와 '떠나야 한다' 사이에서 갈등하며 나를 괴롭히고 있다.

어제 저녁에는 교육청 교원정책과에 연락해 중등 인사 담당 장학사와 통화를 했다. 어떻게 해서 내가 전문계 고등학교, 그것도 가장 학업 성취가 낮은 곳에 오게 된 것인지 궁금했다. 하지만 인사 발령의 원칙에 대한 원칙적인 이야기를 들었다. 인사 담당 장학사의 얘기를 듣고 있으니 문의한 내가 초라해졌다.

며칠 전 학생부에 왔던 디자인과 1학년 권소람과 그 애 어머니의 일이 떠오른다. 나는 생활지도부에서 디자인과 지도를 맡고 있어 문제가 있는 아이의 부모와 상담을 해야 한다. 소람이는 학교에서 네 차례나 담배를 피우다 걸렸다. 학교에서 더 이상 담배를 피우지 않겠다, 그렇게 가정에서 가르치겠다는 각서를 소람이도 부모님도 써야만 해서 소람이 어머니를 오시라고 했는데, 큰 소란이 났다.

딸과 어머니가 내 앞에서 큰 소리로 싸웠다.

"나는 너를 키우고 싶지 않았어! 남자 만나 살든지 공장으로 가든지 마음대로 해. 정말 지긋지긋하다. 그냥 관둬라. 학교는 뭐하러 다니냐."

소람이도 만만찮게 어머니에게 대들었다. 소람이의 말을 통해, 어머니는 소람이에게 방을 얻어 주고 자신은 아버지가 아닌 남자와 살고 있다는 것을 알 수 있었다. 나는 나쁜 영화를 보는 듯했다. 겨우 수습을 하고 각서를 쓰도록 했다.

　☆공고 아이들은 대체로 가난하다. 정확하게 말하면 부모가 가난하다. 가난에서 비롯된 많은 문제, 자신들의 의지와 상관없이 결정지어지는 것들……. 이 아이들도 자신들이 처한 상황에서 빠져나갈 수가 없는 것이다.

**난동**

---

지난 목요일, 국어과 최 선생님의 전기과 2학년 수업 중에 한 아이가 난동을 피워 선생님이 우는 사건이 발생했다. 학생이 수업 중에 화장실에 보내 달라고 한 모양이었다. 최 선생님은 자주 그런 일이 있어 이번에는 안 된다고 하셨나 보다. 그 학생은 최 선생님에게 욕을 하며 대들고 교실에서 엄마에게 전화를 해 학교에 못 다니겠다며 소리를 지르고 책상을 발로 차고 옆의 친구를 때렸다고 한다. 아이의 행동이 과격해서 옆의 친구들도 말리지 못한 모양이었다. 그리고 최 선생님은 위협을 느끼는 수준이었나 보다. 놀란 선생님이 복도로 나오고, 옆 반에서 수업하시던 교무부장 선생님이 달려와 상황은 수습되었다. 하지만 최 선생님은 다음 날 학교에 나오지 못했다.

같은 중학교에서 근무하다 ☆공고로 함께 전근 온 최 선생님과는 서로 마음을 터놓고 이야기하는 사이다. 선생님의 놀란 마음은 내게도 전달이 되었다. 이런 일은 내게도 언제든 일어날 수 있는 일이기 때문에 무섭기도 하고 화도 났다.

그런데 그날, 그 학생은 어찌 된 일인지 학생부로 불려 오지도 않고 잠잠했다. 최 선생님만 속앓이를 하게 되었다. 나는 그 학생이 처벌을 받아야 한다고 생각했다. 우선 그 학생의 담임 선생님을 찾아 전기과로 갔다. 내가 전기과 생활 지도 담당은 아니지만, 최 선생님을 생각하는 마음에 나서게 된 것이다.

그 학생의 담임 선생님은 학생들과 잘 지낸다고 소문난 20대

후반의 젊은 분이다. 이러저러하게 '난동'을 피웠으니 처벌을 받아야 한다고 말했다.

그랬더니 그 선생님은 이렇게 말씀하셨다.

"그 애가 그런 애가 아닌데……. 저한테는 엄청 잘하거든요. 우리 학교 애들이 거칠기는 하지만 잘 다루면 안 그렇거든요."

그 얘기를 듣고 마음이 너무 좋지 않았다. 생활지도부 선생님들도 이 일을 대수롭지 않게 여기는 듯하다.

☆공고 근무에서 오는 무력감을 이겨 내기 위해 국어과 정 선생님, 최 선생님과 스터디를 한다. 그러다 보니 우리 셋은 자주 만나 이야기를 나눈다. 그리고 모두 올해 중학교에서 고등학교로 발령을 받았다.

정 선생님은 중학교에서 근무하면서 학과 공부를 따라오지 못하는 부진아들을 버려두었는데, 그 아이들을 이 학교에서 모두 만나게 된 것 같다고 했다. 그래도 4년 임기를 다 채우겠다고 한다. 나는 식당에서 선생님들이 웃으며 밥을 먹는 게 이상하다고 했다. 학교에서 잘 웃을 수가 없고, 아이들을 더러운 교실에 둔 채 수업을 제대로 못 하거나 안 하면서 월급을 받는 게 부끄럽고 괴롭다고 했다. 최 선생님은 학교를 떠나야겠다고 했다.

최 선생님은 얼마 전 사건이 계기가 되어 개방형 자율 고등학교 초빙 교사 신청을 했다. 그 사건에 대해 학생부에서는 최 선생님이 학생 처벌을 요청해야 선도위원회를 열 수 있다고 했다. 그런데 뒤에서 일부 선생님들이 "여선생님들은 우리 학교 아이들을 못 다룬다." "여기 아이들은 무조건 사랑으로 감싸야 한다." "선생님이 아이를 너그럽게 용서해 주는 것이 옳다." 등의 말을 한다. 그 상황 자체가 교사에 대한 '지도 불응'인데, 교사가 처벌을 요청하라니 참으로 답답했다. 마음이 약한 최 선생님은 처벌을 요구하는 것에 부담을 느꼈다. 그리고 이러한 상황이 또 선생님을 힘들게 했다.

너무 답답하고 화가 나서 교감 선생님께 말씀을 드렸다.

"수업하기가 너무 힘듭니다. 아이들이 의욕도 없고 거칠고 무례합니다. 교권을 보호하는 차원에서라도 이번 일에 대해서는 처벌을 해야 합니다."

교감 선생님은 "다 알고 있습니다."라고 했다.

하지만 몇몇 인문 교과 여선생님들이 겪는 어려움을 당사자가 아니고서야 알 수 없을 것이라는 생각이 들었다. 사실을 전달하는 것이 아니라 인문 교과 여교사가 겪는 어려움을 토로하는 꼴이 되고 말았다. 자존심이 상했다. 학생 처벌을 구걸하는 것만 같아 몹시 기분이 안 좋았다.

퇴근하는 길에 국어과 송 선생님이 내게, 최 선생님은 이제 괜찮으냐고 물으셨다.

"조 선생도 그렇고, 최 선생도 그렇고 중학교에 있지 뭐하러 고등학교에 왔어? 여선생님들한테는 중학교가 좋지. 여기는 말할 것도 없지만 남자 고등학생들 다루기 힘들어. 머리는 커서 말도 안 듣고 공부하는 애들은 극소수야. 남자 고등학교는 여선생한테 힘들어."

1년간 기계과 2학년 담임을 하고 이제 다른 학교로 옮기려는 최 선생님의 복잡한 마음을 알 듯하다. 무기력과 타협할 수도 있다. 무기력을 외면할 수도 있다. 그렇게 하지 않으려는 것이다. 최 선생님이 학교 옮기는 일에 좋은 결과가 있기를 바란다.

과연 나와 ☆공고의 인연은 어떤 무늬로 남을까.

**얘들아, 어서 와!**

생활지도부 부장님은 ☆공고 2회 졸업생이다. 거의 매일 아침마다 정문 지도를 하신다. 나이는 59세, 키는 180센티미터, 짧은 스포츠머리에 마른 체격이다. 가죽 점퍼를 입고 두 다리를 벌리고 서서는 아주 큰 목소리로 "너 이 자식, 이리 와!" 하면 누구도 도망 못 간다. 매를 들지 않아도 그 목소리와 풍모에 기가 눌려 꼼짝을 못한다.

여학생들의 파마머리, 짧은 치마, 남학생들의 슬리퍼 등교, 가방 없는 등교, 단정하지 못한 머리, 교복이 아닌 사복 차림 등을 지적하고 벌을 세운다. 수업 시간에 필기구를 가져온 아이들이 거의 없으니 가방이 없는 것도 그리 뜻밖의 일은 아니다. 그리고 추운 날인데도 변변한 외투 없이 교복만 입은 아이들이 많다. 춥지 않느냐고 물어보는 게 미안할 정도이다.

부장님이 ☆공고에 다닐 때는 좋은 실업고였다고 한다. 동문들도 다들 제 자리에서 몫을 다하고 있다고 한다. 십여 년 전부터 학교가 급속하게 망가졌다며 안타까워하신다. 화가 나는 날은 차라리 이 학교 문 닫고 이 자리에 공원 들어서는 게 지역 사회에 도움이 되겠다고 하신다. 민원이 많이 들어오기 때문이다. 골목길에서 담배를 피우거나 남녀 학생이 보기 민망한 행동을 한다는 내용들이다. 그렇게 속상해 하시고 바르지 않은 차림의 아이들을 그냥 두고 보지 않는 것을 보면, 학교와 아이들에 대한 부장님의 애정을 알 수 있다. 정년을 3년 남긴 부장님이 책임도 크고 할 일

도 많은 생활지도부 일을 하는 것도 그 때문일 것이다. 부장님을
보면서, 되도록 담당이 아닌 날도 정문 지도를 하려고 마음먹는
다.

정문 지도를 할 때 좋은 점도 있다. 국어과 차 선생님의 이야기
를 듣는 것이다. 차 선생님은 일찍 출근해서 거의 매일 정문 지도
를 하신다. 작년에 부임해 올해가 두 해째인데, 등교하는 아이들
에게 늘 밝게 웃으며 "어서 와!"라고 인사를 하신다. 아이들이 집
에서 아침밥도 못 먹고, 부모에게 따뜻한 인사도 못 받고 나오는
경우가 많기 때문에 그렇게 한다는 것이다. 나도 흉내를 내 보는
데, 입이 잘 떨어지지 않아 그냥 인사만 한다.

완도가 고향인 차 선생님은 어린 시절 이야기부터 군대에서 있
었던 일, 연애나 결혼 이야기를 들려주신다. 선생님은 아이들에게
밝게 인사하면서 이야기의 기승전결을 이어 나가신다. 그러다 보
면 나는 선생님의 이야기에 빠져 정문 지도는 그냥 서 있는 것으
로 만족한다.

사실 나는 정문 지도를 하려고 서 있지만, 제대로 하지는 못한
다. 내가 "얘야!" 하고 부르면, 어떤 아이들은 와서 지적 사항을 듣
고 가고, 또 어떤 아이들은 나를 슬쩍 보고 그냥 지나간다. 그냥
쳐다만 보고 가거나 도망치는 아이는 나도 그냥 둔다. 아이를 잡
으려고 쫓아가면 안 된다고 들었기 때문이다. 아이들이 도망갈 때
그것을 쫓다가 다리가 꼬여 넘어지면 대망신이다. 달리기를 못하
는 나는 그냥 쳐다보고만 있는 것이 상책이다.

차 선생님이 내게 이런 이야기도 해 주셨다.

"조 선생, 사는 게 기(氣)를 틔우는 거예요. 우리가 기가 막히다,

하잖아요. 이 학교에서 근무하다 보면 기가 좀 막히는 때가 있을 거예요. 이런 아이들을 한곳에 모아 놓으니 답답하고 그렇지요. 그런데 생각해 봐요. 이런 아이들과 대화도 하고 이해까지 할 수 있게 되면 굉장한 거거든. 이 아이들하고 기가 통하게 된단 말이에요. 그렇게 되면 누구하고도 막히지 않고 통하는 사람이 될 수 있어요. 이건 굉장한 공부죠."

답답할 때 그 이야기를 종종 생각한다.

# 2

오!
오
토
바
이

2009년도 1학기, 첫 번째

전자과 2학년 2반 담임을 맡았다. 남학생 스물여덟 명과 여학생
한 명이 우리 반이다. 작년에 수업을 했던 반이 아니라 모두 처음
보는 얼굴이다. 담배를 피우거나 싸움을 하다 걸려 생활지도부에
왔던 아이들은 낯이 조금 익었다.

첫날 간단하게 내 소개를 하고, 핸드폰을 꺼내 내 번호를 입력
하라고 했다. 혹시 결석이나 지각을 하게 될 경우 꼭 연락하라고
했다. 담임 업무 가운데 출결 관리가 가장 어렵다는 이야기를 들
었기 때문에 그것에 신경을 많이 쓰려고 한다. 그리고 연락처를
적어 내도록 했다. 내 핸드폰에 '전자 2반' 폴더를 만들어 모두 입
력했다. 서너 명 빼고는 모두 핸드폰을 사용한다.

자리 배치는 2주 동안은 번호대로 앉기로 하고, 그 다음에는
아이들이 원하는 대로 앉기로 했다. 주번도 정했다. 1번과 2번에
게 하라고 했더니, 1번 규종이가 "왜 주번은 매번 앞 번호부터 해
요?" 하며 입을 삐죽거렸다. 그래서 부탁한다고 했다. ☆공고 신참
담임을 잘 봐 달라고. 주번에게뿐 아니라 반 아이들 모두에게 부
탁했다.

교실에 늦게 온 아이가 두 명 있었다. 그중 29번 황일형의 손을
잡았는데, 손바닥이 여름 가뭄 때 마른 땅처럼 많이 갈라지고 파
여 있었다. 아토피라고 한다. 그러고 보니 얼굴도 많이 붉다. 로션
을 많이 발라야겠다고 했다.

그 다음 날 로션 큰 통을 하나 사서 탁자에 올려놓았다. 반 아

이들에게 화장실에서 일 보고 손 씻고 와서 바르라고 했다. 나부터 시범을 보여 주었다.

저녁에 일형이에게서 문자가 왔다. 자기 얼굴이 빨갛다고 아이들이 놀리는데 선생님이 보기에는 어떠냐고 한다. 생각해 보니 2007년 영국의 TV 프로그램 〈브리튼즈 갓 텔런트(Britain's Got Talent)〉에서 우승하여 유명해진 폴 포츠를 조금 닮았다. 나는 '네가 착하게 생겨서 좋다'고 문자를 보냈다. 그랬더니 내일은 지각하지 않겠다고 답이 왔다.

3월이 가장 바쁜 달이고, 3월을 잘 보내면 1학기의 반을 보낸 셈이라는 말을 선생님들이 하곤 하는데, 이 학교에서도 역시 그렇다. 담임을 맡으니 바쁘고 정신이 없다. 아이들에 대해 책임을 져야 하기도 하고, 가까이에서 아이들을 자세히 살펴야 하기 때문이다. 그래도 작년에 경험한 바가 있으니 마음은 작년보다 덜 힘들 것 같다.

가끔 작년에 가르쳤던 아이들 가운데 이제 3학년이 된 전자과나 건축과 아이를 복도에서 만나면 "왜 우리 반 안 가르쳐요?" 하고 묻는다. 빈말이라고 해도 고맙고, 이 학교에서 나도 아는 아이들이 생겨 조금은 든든하다. "선생님, 하이." 하면서 인사하는 아이들도 늘었다.

점심때 조영진이 외출을 하겠다며 찾아왔다. 휴대폰을 잃어버렸는데 인근 아파트에 있다고 한다. 어떻게 알았냐까, 전화를 해 봤는데 어떤 할아버지가 받아서 알게 되었다고 한다. 최영덕도 이발하러 간다며 같이 나가겠다고 한다. 아침에 정문에서 두발 불량으로 걸려서 그런다고 했다. 학교 끝나고 이발하라고 했더니, 바빠서 안 된다고 했다. 그래서 외출증을 써 주었는데 조금 있다가 영덕이에게 전화가 왔다. 정문에서 수위 아저씨가 안 내보내 준다며 나보고 증명을 해 달라는 거다.

"영덕이 핸드폰은 지금 정지 상태라고 했잖아. 지금 누구 핸드폰으로 전화하는 거냐?"

"영진이 거요."

영덕이가 아무렇지도 않게 대답했다.

"야, 너희들. 아주 그냥……. 급식실 가서 밥 먹어!"

점심시간마다 교문 앞에는 밖으로 나가려고 수위 아저씨와 말씨름을 하는 무리들이 서 있다. 이것도 ☆공고의 한 풍경이다.

1, 2교시 학급 자치 활동 시간에 팔씨름 대회를 했다. 먼저 짝꿍과 겨루고, 이긴 친구들끼리 또 겨루고 해서 최종 승자를 가리기로 했다.

아이들은 이건 해 보나 마나라고 한다. ☆공고에서 팔씨름으로 최영덕을 이길 사람은 없다는 것이다. 아이들이 왁자하게 떠들어 대는데 영덕이는 먼 산을 보고 있다.

영덕이는 작년에 복도에서 오가다가 본 얼굴이다. 영덕이에게는 미안한 말이지만, 얼굴이 다른 아이들의 삼촌쯤 되어 보여 기억하고 있었다. 키는 165센티미터쯤 될까. 어깨가 떡 벌어진 게 아주 다부져 보인다. 반곱슬머리인데 머리카락은 윤기가 없고 늘 푸하게 떠 있다.

영덕이가 주변 아이들에게 "그냥 해."라고 한마디 했다. 나도 어쨌든 해 보자고 했다. 최후의 5인에게 빵과 음료수를 사 준다고 했다. 중간에 포기하는 아이도 있고, 일부러 힘을 쓰지 않는 아이도 있었다. 그래서 리그를 둘로 나누었다. 메이저 리그와 마이너 리그로 나누었는데, 이번에는 잘하면서 마이너 리그에서 하겠다고 하는 아이들 때문에 또 우왕좌왕했다.

"선생님, 쟤는 잘하는데 이쪽으로 왔어요."

"나 원래 힘없고 못해."

그러면서 몇 명이 슬그머니 마이너 리그에 꼈다.

어찌어찌해서 메이저 리그에서 남은 사람은 최영덕, 송진호, 오태용, 이지웅이었다. 그 아이들이 토너먼트로 경기를 했는데, 다들 재미있게 봤다. 진호와 태용이도 실력이 좋았지만, 최후의 승자는 아이들의 예상대로 최영덕이었다.

끝나고 매점에 가서 빵과 음료수를 사 주었다. 아이들은 주춤하면서도 좋아했다. 나로서는 우리 반에서 누가 주먹이 센지 알았으니 소득이 크다.

작년 직원회의 시간에 놀랐던 것 중 하나가 '무결석 반' 시상이었다. 한 달간 결석 없이 모두가 출석한 학급에 '무결석 상'을 주었다. 거의 모든 반의 출석부가 무단지각, 무단조퇴, 무단결석으로 지저분하다 보니, 이런 상을 만들어 학급의 출결 지도를 독려하는 것이다. 전체 42학급 가운데 두 반이 상을 받았다. '얼마나 학교를 안 오기에 저런 상이 있을까.' 하며 재미있게만 생각했는데, 담임을 맡으니 그 상이 받고 싶어진다.

현재 우리 반은 2주간 무결석이다. 아이들 앞에서 내색은 안 했지만 기분이 좋다. 송진호, 이지웅, 최기훈, 이병혁, 최영덕이 무단지각을 하지만 학교에는 온다. 11시 이전에. 날마다 아이들에게 "학교 잘 나오자." "지각, 결석 하지 말자." 하고 부탁한다. 그리고 '우리 반 아이들이 모두 학교에 무사히 나오게 해 주세요.'라고 기도한다. 무결석은 곧 무너질지도 모른다. 아이들의 의지가 약하기 때문이다. 그래도 속상해 하지 말자고 생각한다. 속상해 한다는 것은…… 적응했다는 것인가.

8시 30분부터 45분까지가 아침 자습 시간인데, 그냥 멍하니 있는 아이들 보기도 민망하고 공부하라는 말도 나오지 않아 작은 오디오를 가져다 놓고 음악을 들려주기 시작했다. 우선 내가 듣기 위해서였다. 테이프와 CD 열댓 개도 가져다 놓았다. 클래식을 들려주면 가요를 틀어 달라고 할 줄 알았는데, 아무 말도 하지 않고 듣는다. 고마운 일이다. 아침에 음악을 들을 수 있어 좋다.

지난주에 새 학기의 가장 중요한 업무인 학비, 급식비 지원 신청을 했다. 주민등록등본, 의료보험증, 의료보험비 영수증, 수급자 증명서 등 아이들이 준비해야 할 서류도 많거니와 이를 제대로 준비하지 못하는 경우가 많아 날마다 확인해야 했다.

서류 준비를 끝내고 보니 기초 수급 대상자와 한 부모 가정인 아이가 일곱 명, 의료비 2만 9000원 미만으로 급식비와 학비가 감면되는 아이가 아홉 명, 의료비 4만 3000원 미만으로 학비가 감면되는 아이가 여섯 명이다. 그 외 담임 추천으로 지원을 받아야 하는 경우가 몇 명. 그래서 우리 반 스물여덟 명 가운데 두 명을 빼고는 모두 지원서를 제출하게 되었다.

이 일을 하면서 아이들의 형편을 자세히 알게 되었다. 넉넉하지 못한 정도가 아니라 무척 어려운 상황인 경우가 대부분이다. 임대 아파트에 사는 경우는 나은 편이다. 담임 추천의 경우, 추가적인 자료를 내야 해서 집의 월세 계약서를 복사본으로 내기도 했는데, 보증금과 월세가 너무 적은 액수라 놀랐다.

살림이 이렇게 어려우니 아이들도 부모님들도 공부나 책 읽기 같은 것에 신경 쓰지 못하고 생활해 왔을 수 있겠구나, 하고 짐작해 본다.

자기소개서에도 집안 형편이 어려우니 꼭 장학금을 달라고 써 놓은 아이가 많다. 면담할 때도 집이 어렵다고 주저하지 않고 이야기를 한다. 그런데 대부분 핸드폰과 MP3를 가지고 있는 게 조금 이상하다. 그런 것들은 청소년의 필수품이기 때문에 아무리 돈이 없어도 꼭 가지고 있어야 하는 것인가.

어쨌든 아이들은 서로 처지가 비슷하니 주눅 들지 않고 잘 어울리는 듯하다.

'얘들아, 각자 자기 자리에서 잘 자라면 되는 거야. 잘 자랄 수 있어.'

막연한 낙관이지만, 그렇게 말해 주고 싶다.

**영덕이**

영덕이를 처음 보았을 때부터 영덕이와 관계를 잘 맺어야 올해가 잘 지나가리라는 예감이 들었다. 영덕이 손은 내 손보다 1.3배 정도 크고 두툼하다. 지난번 팔씨름 대회에서도 단연 일등을 했다. 그런 영덕이가 자기소개서에 올해의 다짐으로 "나쁜 짓을 그만하고 싶다."라고 썼다.

영덕이는 본인이 세대주이다. 여섯 살 때부터 고모네에서 살았는데, 영덕이 밑으로 동생도 둘이나 있어 영덕이를 세대주로 분리한 것이다. 그렇게 되어 학비와 급식비를 감면받기가 수월했다. 영덕이는 수업 중에 주로 엎드려 잔다. 점심시간에는 조퇴를 시켜달라는 경우가 많고, 안 된다고 하면 서너 번 우기다 그냥 간다. 또 상습 지각생이다.

어제도 영덕이가 늦게 왔다. 늦게 오면 꼭 내게 들르라고 말해둔 터라, 3교시 끝나고 쉬는 시간에 영덕이가 교무실로 왔다.

"어디 갔다 왔니?"

"솔직하게 말할까요, 그냥 말할까요?"

영덕이는 내 자리로는 오지도 않고 교무실 벽에 붙은 거울을 보며 머리를 만지면서 말을 했다.

"얘, 이리 와. 솔직하게 말해."

"당구 치고 왔어요. 근데 고모에게는 연락했어요?"

"당연하지!"

"아, 왜 그랬어요?"

영덕이는 짜증을 냈다. 고모에게 핀잔 들을 것이 걱정이 되는 모양이다.

차 한 잔을 주며 옆에 앉으라고 했다.

"영덕이 네가 계속 지각을 해서 좋지 않게 생각하고 있어."

영덕이 손을 잡고 말했다. 손등이 거칠었다. 손은 아주 큰데 손톱은 아주 작았다. 손톱이 반쯤 남아 있고 속살이 드러나 있었다. 다 물어뜯어서 그렇다.

"아, 왜 이러세요."

그렇게 말하면서도 손을 빼지는 않았다.

"너만 잘하면 우리 반이 잘 굴러갈 것 같아."

"작년 담임이랑 똑같은 말을 하시네. 제가 지각은 해도 학교는 꼭 나올 거니까 걱정 마요."

영덕이 꿈은 학교를 마치고 광장시장에서 옷 장사를 하는 것이다. 사촌 형이 그 일을 한다고 한다.

"요즘 신발 세탁점에서 밤늦게까지 배달 일을 해요. 피곤해서 그러니까 선생님이 이해해 주세요."

영덕이는 내게 이렇게 말하고 돌아갔다. "선생님이 이해해 주세요."라는 말은 부탁일까 강요일까. 내가 영덕이에게 "너만 잘하면 우리 반이 잘 굴러갈 것 같아."라고 한 말은 부탁일까 강요일까.

영덕이의 가정 상황을 잘 알 수는 없지만, 영덕이가 배달 일을 하면서 살림에 보탬이 되고 있을지도 모른다는 생각이 들었다. 무기력하게 생활하는 것도 아닌 것 같다. 내가 먼저 이해하려고 노력해야 하는 것 같다. 이해하는 척이라도 해야 한다는 생각이 들었다.

**인문계 고등학교로 보내 주세요**

소경묵이 인문계 고등학교로 전학을 가겠다고 한다. 전문계 고등학교에서 인문계 고등학교로 전학 갈 수 있는 기회가 두 번 있다. 한 번은 1학년 2학기 9월, 또 한 번은 2학년 1학기 3월. 바로 지금이 학교를 옮길 수 있는 마지막 기회이다.

담임 회의 때 교무부장님은 인문계 고등학교로 전학을 가지 못하게 담임들이 잘 설득해 보라고 했다. "전학을 가면 내신 성적이 낮게 나올 것이고, 수업 내용을 따라가기가 힘들 것이다. 우리 학교에 있으면서 자격증도 따고 취업이나 진학을 준비하는 게 여러모로 낫다"고 하셨다. 그래서 경묵이와 경묵이 어머니에게 몇 번 이야기를 해 보았는데, 무엇보다 경묵이 마음이 확고했다.

경묵이네는 기초 수급자이기 때문에 인문계 고등학교에 가더라도 학비 부담은 없다. 하지만 수업을 따라가기 힘들어 고생할 것 같다. 그런 점을 말해 주고, ☆공고에서는 수업을 쉽게 하니 시험을 치르기도 괜찮고, 여기에서 기술을 배우는 게 취업이나 진학에 좋지 않겠느냐고 했는데, 꼭 옮기고 싶다고 했다.

"인문계 고등학교 교복을 입고 싶어요."

우리 학교 교복을 입고 다니면 남들이 쳐다보고 뭐라고 하는 것 같단다. 남들도 그럴지 모르지만, 본인 스스로 위축되는 것이리라. 경묵이는 고졸로 끝나도 좋으니 꼭 인문계 고등학교를 다니고 싶다고 했다. 혹시 더 나을지도 모를 미래를 위해 현재의 자존심을 꺾어 버리라고 말할 수가 없었다.

종례 시간에 몇 가지 생활 습관에 대해 다 같이 '분류'를 해 보자
고 했다. 가장 먼저 흡연자와 비흡연자로 나눠 봤다.

"흡연자는 1분단에 비흡연자는 3분단에 앉아 보자."

예상대로 1분단에 아이들이 차고 넘쳤다. 할 수 없이 교내에서
안 피우는 사람은 2분단으로 옮겨 앉았다. 1분단이 2분단에게 "거
짓말, 뻥끼."라며 소리쳤다.

"야, 백대웅! 오늘 아침에도 같이 피워 놓고 거짓말 치냐."

"선생님, 저 자식 순 뻥이에요. 믿지 마요."

1분단이 가장 난리였다. 나는 교무 수첩에 이름을 적었다. 학교
내 흡연자, 학교 내 비흡연자, 비흡연자. 그래도 비흡연자가 열 명
은 됐다.

"선생님, 왜 이름을 적어요?"

규종이가 입을 내밀며 말했다.

"담임이니까 알아야지."

"아, 씨! 뭔가 이상한 것 같은데……."

나는 자발적 자수를 존중해 주며 다음과 같이 말했다.

"학교에서는 피우지 않으려고 노력하고, 무엇보다 끊는 것이 좋
지 않겠니. 그래야 장학금 추천해 줄 거야. 담배 끊으면 검사받으
러 오고."

다음에는 오토바이로 분류를 해 봤다.

"오토바이를 타는 사람은 1분단에 앉아 보자."

작년 초겨울에 학교 바로 앞에서 3학년 학생 하나가 오토바이를 타고 중앙선을 침범했다가 트럭에 부딪쳐 크게 다치는 사고가 있었다.

　일부 아이들이 오토바이를 즐겨 탄다. 하교 후 배달 아르바이트를 하는 아이들도 더러 있고, 자기 소유의 오토바이가 있는 아이들도 있다. 그중 몇몇은 학교 앞에 오토바이를 주차해 놓는다. 최영덕, 김진규, 오태용, 송진호, 최기훈이 오토바이를 타고, 이병혁은 오토바이 면허를 따려고 준비 중이다. 오토바이를 타는 건 위험하기 때문에, 작년에 있었던 사고 이야기를 꺼내며 잔소리를 했다. 오토바이를 타는 아이들이 "아, 그 형이요?" 하면서 아는 척을 했다.

　"자, 다음으로 일주일에 세 번 이상 지각하고 있는 사람은 1분단에 앉아 보자."

　상습 지각생은 일곱 명 정도. 출석부가 깨끗한 날이 하루도 없었다. 아직까지 무단조퇴와 무단결석이 없는 것이 다행인데, 지각을 어떻게 지도해야 할지 모르겠다.

　"마지막으로 가방 안 들고 온 사람 손들어 보자."

　지훈이 한 명만 가방을 안 들고 왔다. 브라보!

　이렇게 '분류'를 체험했다. 길게 잔소리를 안 해도 무엇이 더 나은 것인지 알기를 바라는 마음이다. 하지만 크게 기대는 안 하는 게 정신 건강에 좋을 것 같다.

어제 병혁이가 오토바이 면허를 따겠다고 도봉 면허시험장에 간 뒤 나타나지 않았다. 나중에 물어보니, 교육까지 받느라 늦었단다. 학교에 오기는 했는데 수업이 다 끝나 모두 간 뒤였다고 했다. 믿기로 했다.

그렇게 해서 3주 동안 지켜 온 무결석이 깨졌다. 실은 무단지각이 너무 많아 이미 무결석 상을 받기는 어려웠다. 상을 받으면 맛있는 것을 사 먹기로 했는데, 그것이 마치 병혁이의 결석 때문에 불가능해진 것처럼 아이들은 생각했다. 그래서 병혁이가 종례 시간에 나와 반 아이들에게 사과했다.

"미안하다. 다음부터는 결석 안 할게."

병혁이는 1학년 때 결석 69일로 1일을 남겨 놓고 퇴학을 면했다고 들었다. 교칙상 무단결석 70일이면 학교를 더 이상 다니지 못한다. 그런데 아직까지는 학교에 잘 오고 있고, 학교에 못 온 것을 미안해 하기도 한다.

무결석은 깨졌지만, 화가 나지도 속상하지도 않았다. 기대가 크지 않았던 탓도 있고, 병혁이가 반 아이들에게 미안해 하는 태도를 보여 주었기 때문이다. 학기 초의 평온은 언제라도 무너질 수 있음을 생각하며 하루하루 살얼음판을 살금살금 건너간다.

## 지웅이의 입원

지웅이가 다쳐서 학교에 나오지 않았다. 단순히 팔목을 조금 다친 줄 알았는데, 병문안 가는 길에 지웅이와 단짝인 진호가 숨은 이야기를 해 주었다. 지웅이 누나가 담배를 피워 아버지가 누나를 때렸고, 지웅이는 그것을 말리다가 아버지를 치고, 그러다가 또 텔레비전을 부수고 하면서 다쳤다고 한다. 그러한 일이 생기게 된 가정 상황은 짐작할 만한 것이다.

팔목에 철심을 박은 지웅이 곁에는 부모님이 없었다. 어머니는 수면제 과다 복용으로 다른 병원에 입원 중이라고 한다. 그래서 전기과의 친구가 와서 밤에 자고 갔다고 한다.

위로 같은 것은 하지 않았다.

"화가 날 때는 특히 더 '전두엽'을 사용하라고 했지?"

전두엽은 첫 국어 시간에 해 준 이야기이다. 뇌 이야기로, 전두엽은 이성, 통제, 자제, 언어와 관련이 있고, 후두엽은 감정, 분노와 관련이 있다고 설명해 주었다.

지웅이는 별로 아프지 않다면서 팔을 휘두르기도 했다.

함께 병문안을 갔던 규종이가 돌아오는 차 안에서 내게 물었다.

"선생님도 학교 다닐 때 담배 피웠죠? 요새 여자들도 다 피우잖아요. 솔직히 말해 봐요."

대답 대신 담배를 왜 피우냐고 물었다.

"안 피우면 답답하고 힘들어요. 에이, 선생님도 알면서……."

그 말에 웃고 말았다.

학기 초라 면담을 한다. 아이들이 써낸 간단한 자기소개서를 바탕
으로 궁금한 것도 물어보고, 학교생활하는 데 어려운 점은 없는
지 들었다.

내가 가장 염려하는 것은 주먹이 센 아이들이 약한 아이들을
괴롭히는 것이다. 매점에 가서 빵을 사 오라고 시킨다거나, 돈을
빌리고 나서 갚지 않는다거나, 약점을 잡아 놀린다거나, 괜히 툭
툭 건드리면서 힘들게 하는 그런 일 말이다. 나는 그런 놈들을 무
진장 미워한다.

공부를 못하거나 집이 가난하거나 힘이 약한 아이들. 약자라서
학교에 오면 주눅 들고 생활하기 힘든 것이다. 아니, 학교에서만
그럴까. 학교는 세상의 조각이니 더 큰 세상으로 나가면 더욱더
그럴 것이다.

우리 학교에서는 공부를 잘하거나 못하는 것, 형편이 좋거나 나
쁜 것에 대한 잣대는 별 의미가 없다. 다 엇비슷하기 때문이다. 오
로지 주먹이 센지 약한지가 중요하다. 학기 초부터 강조해 왔기에
아직까지는 별 탈이 없어 보인다. 그래도 면담 때마다 그 점을 염
려하며 묻는다. 주먹이 약한 아이에게도 센 아이에게도.

오늘은 유찬이와 면담을 했다. 자기소개서에는 아버지 쉰여섯,
어머니 쉰여덟, 유찬이가 외아들이라고 적혀 있었다.

"부모님이 유찬이를 어렵게 낳았나 보다. 귀한 아들이구나."

"아니요. (작은 소리로) 실은 엄마가 있잖아요, 결혼해서 형 낳고

아빠랑 재혼해서 절 낳았어요. 형이 나랑 띠동갑이에요."

"그럼, 형이 일하시겠네?"

"하긴 해요, 홈플러스에서. 근데 별루 못 벌어요. 저랑 안 친하고 제가 요즘 안 좋아해요."

"왜?"

"그럴 일이 있어요."

"유찬이는 부모님 사랑을 많이 받은 티가 나. 마음이 따뜻하다고 생각해."

종례를 한 뒤에도 늘 교탁 옆에 잠시 있다가 가고, 내게 관심을 보여 주기에 이런 말을 했다.

"울 아빠가 나한테만 잘해 주거든요."

신기하게도 아이들이 자기 이야기를 스스럼없이 잘 들려준다. 오토바이를 타는 영덕이나 진규, 진호에게 들은 이야기인데, 학교 끝나고 밤 12시나 새벽 1시까지 치킨 가게, 피자 가게, 분식점 등에서 배달 일을 하면 한 달에 40만~50만 원 정도 번다고 한다. 그 말에 오토바이를 타는 것은 사고 위험이 있으니 늘 조심하라고 말해 준다. 그러면 아이들은 걱정 말라고, 오토바이를 타는 것은 자신 있다고 한다.

또 아이들은 꺼내기 쉽지 않은 가족 이야기도 아무렇지 않게 말해 준다.

근우는 엄마가 우울증이 심해 정신 병원에 있다고 하고, 그 일로 아버지와 떨어져 할머니 댁에 살고 있다고 한다.

영진이는 어려서 목포에 살았는데, 여섯 살 때 아버지가 배 타다가 돌아가시고 엄마가 집을 나간 뒤에 할머니가 자기를 키워 주었단다. 그리고 ☆공고를 졸업한 형은 지난겨울에 군대에 갔는데, 형이 제대하면 형 따라다니며 장사할 거라고 말한다.

리환이는 중학교 때 놀다가 자퇴까지 했고, 다음 해 복학해서 다른 아이들보다 한 살 더 많은데, 이제는 철이 들어 공부도 열심히 하고 대학도 갈 거라고 한다.

일형이는 누나가 둘 있는데, 서른 살인 큰누나는 그동안 회사에 다니며 일을 하다가 지금은 쉬고 있고, 둘째 누나는 변호사 사무실에서 일하며 방송통신대에 다니는데, 한 달에 용돈을 1만~2만 원씩 주는 둘째 누나가 더 좋다고 한다.

이러한 이야기를 들으면 조금은 안심이 된다. 경제적으로 어려워도 엄마 아빠가 다 있는 집 아이들은 보살핌을 받아 마음이 포근하다. 할머니나 고모와 함께 밥을 먹는 아이는 따뜻한 구석이 있다. 그러고 보면, 어쨌든 보살펴 주는 어른이 있어 살아갈 수 있으니 다행이고 감사하다.

오늘 퇴근길에 문득 오토바이를 타고 가는 아이들을 보았다. 그러고 보니 오토바이를 타고 일하는 사람이 많은 것 같다. 우리 아이들도 나중에 저런 일을 하게 될지 모른다. 나는 오토바이 타는 사람들을 유심히 바라보았다.

'오토바이'라고 하면 거부감이 들지만, '모터사이클'이라고 하면 그럭저럭 괜찮게 느껴진다.

진호가 친구와 모터사이클을 타다 다쳐서 입원했다. 한 대에 네 명이 타고 가다가 그랬다고 한다. 진호는 옆 자리 정 선생님이 근무하셨던 중학교의 졸업생이다. 강제 전학을 네 번이나 당했다고 한다. 중학교에서 강제 전학이면 최고 처벌이니, 아마도 악행이 대단했나 보다.

지난번 병문안 갈 때 같이 갔던 규종이가 또 같이 가겠다고 했다. 진규도 나섰다. 그런데 둘이 모터사이클을 타고 간다는 것이다. 모터사이클을 타고 학교에 온 진규는 학교 근처에 주차를 해둔 모양이다. 둘이 꼭 그러고 싶다고 사정해서 허락했다. 점심시간에 학교 밖으로 나가는 게 좋은가 보다. 나는 차를 타고 갔는데, 둘은 내 앞에서 모터사이클을 타고 나를 인도했다. 진규가 운전을 하고 규종이는 뒷자리에 앉았다.

학교에서 500미터쯤 지났을까. 그제야 학교에 등교하는 태용이를 만났다. 모터사이클을 타고 반대편에서 오던 태용이가 어느 사이에 내 차 앞에 있었다. 그러니 진규와 규종이가 탄 모터사이클 한 대, 태용이가 탄 모터사이클 한 대, 그렇게 두 대가 마치 사이드카가 되어 내 차를 인도하는 것처럼 보였다. 그런 모습으로 모터사이클 사고로 입원한 진호를 찾아갔던 것이다. 머리에 헬멧도 쓰지 않고 도로의 차선을 춤을 추듯 왔다 갔다 하며 모터사이클을 타는 아이들의 뒤를 따라가다 보니 웃음이 나왔다.

'그렇게도 모터사이클이 좋니? 신이 나니?'

언제 기회가 되면 나도 한번 타 봐야겠다. ☆공고에 와서 생각하게 된 건데, 나는 중·고등학교 시절에 가방이랑 필기구도 너무 잘 가지고 다니고, 지각이나 결석도 너무 안 한 것 같다. 한 번쯤은 그렇게 가방도 필기구도 안 가지고 다니고, 지각이나 결석도 해 볼 수 있었는데 말이다.

**악의 꽃**

대학교 때 보들레르의 〈악의 꽃〉을 배웠다. 한글로 읽어도 어려운데 불어로 읽으니 더욱 시의 맛을 알기 어려웠다. 그저 보들레르의 삶을 듣고, 거칠고 추악한 소재들로 '아름다움'을 표현하려 했다는 것을 알게 되었다. 그러나 '악'이 '꽃'이 될 수 있다고 생각하지 않는다(이때 '악'은 선의 대립으로서의 '악'이 아니라 프랑스어 'mal'의 번역이므로 '흉한 것, 좋지 않은 것' 등을 포괄하는 의미이다.). '악'은 낯선 충격을 줄 수 있고, 그것으로 인간 내면의 무엇인가를 들출 수도 있겠다. 하지만 내게 그것은 전혀 '꽃'이 아니다.

작년에 생활지도부 회식을 할 때면 재미있고 화통하신 차 선생님이 술잔을 들고 이렇게 외치셨다.

"음지에서 양지를 지향하며! 위하여!"

그 말을 듣고 웃기는 했지만 마음이 개운하지는 않았다. 불편해도 웃으며 지나쳐야 하는 장면들. 음지, 악, 거친 것, 상스러운 말, 지저분한 것, 바르지 않은 것, 내게 익숙하지 않고 불편한 것……. 이런 세계에서 '꽃'을 볼 수 있을까.

작년보다 확실히 나아진 것은 '개연적 이해'가 커졌다는 것이다. '그럴 수도 있겠다, 그렇게 행동할 수도 있겠다.' 하는 마음이 생긴 것이다.

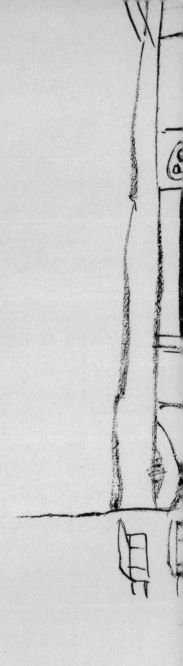

# 3

☆ 공고 별별 사건

2009년도 1학기, 두 번째

제1회 '☆공고 시 낭독 대회'를 했다. 올해 내가 맡은 업무는 '문예 교육'이다. 1997년 이후 없어진 교지를 발간하고 국어과 행사를 진행하는 일을 맡았다. 이 학교에서 일을 하면서 좋은 점은, 어떤 제안을 하면 그대로 실행할 수 있다는 것이다. 그만큼 행사라고 할 만한 것이 없었다고 할 수 있다. 시 낭독 대회도 제안했더니 국어과 선생님들과 인문사회 부장님이 좋다고 해서 바로 실시할 수 있었다.

시 낭독 대회를 위해 3월에는 시 수업을 했다. 수능 시험을 보는 학생이 전교에 몇 명밖에 되지 않아 입시와 상관없는 수업이 가능하기 때문이다. 쉽고 좋은 시를 골라 배우고, 여러 시인의 시를 모아 묶은 시집도 읽었다. 시를 베껴 쓰고, 시의 상황을 그림으로 표현해 보기도 했다. 시 읽기를 연습하고, 시 낭독 수행 평가도 하고, 반의 대표 학생도 선발했다.

이런 수업이 잘 진행되는 것만은 아니다. 교실에 들어가면 불도 켜지 않은 채 자리에 앉지도 않고 우왕좌왕하는 경우가 대부분이다. 필기구가 없는 경우도 많다. 작년에는 이런 상황을 내가 존중받지 못하는 것으로 생각하여 속상해 하고 화도 냈는데, 이제는 바라보면서 도와줄 것은 도와준다. 그러면서 어느 정도 수업을 할 수 있게 되었다.

1학년 각 반에서 두 명씩 대표로 나오고, 2학년과 3학년 학생들도 일부 참가했다. 총 서른한 명이 시 낭독을 했다. 국어과 차 선

생님이 신동엽의 〈껍데기는 가라〉를 포효하듯 낭송하며 시범을
보였다.

아이들이 고른 시는 유치환의 〈행복〉부터 함민복의 〈눈물은 왜
짠가〉까지 다양했다. 아이들이 고른 시에 배경 음악을 넣어 파워
포인트로 만들었다. 아마도 아이들은 대표가 되어 남 앞에 서 본
경험이 거의 없었을 것이다. 그런 아이들이 주인공이 되었다. 긴장
하여 얼굴을 들지도 못하고, 글씨를 잘못 읽기도 하고, 너무 빨리
읽기도 하면서 어쨌든 시를 읽어 나갔다. 화공과 2학년 세 명은
황지우의 〈너를 기다리는 동안〉을 랩과 노래로 불렀다. 서울시립
대학교 4학년인 화공과 교생이 함께했다.

국어과 정 선생님이 섭외하여 초청한 손택수 시인의 강연도 들
을 수 있었다. 손택수 시인은 자신의 체험이 담긴 이야기를 들려
주었다. 그중 한 부분을 옮기면 이렇다.

저는 스무 살부터 스물다섯 살까지 안마시술소에서 일했습니다.
구두를 닦았어요. 그래도 책을 놓지 않았지요. 그냥 책이 좋았으니
까요.

어느 날 조폭이 제 옆에 둔 책을 집어 구두를 닦고 있는 제 뒤통
수를 내리치면서, '여기서, 이게 뭐 하는 거냐?' 하는 거예요. 그게
제겐 죽비 같았어요. 거기 사람들도 제가 늘 책을 보니까 뭔가 좀
다르게 보았나 봐요.

그때부터 삶이 좀 달라졌어요. 대학도 갔고 시도 썼고 이렇게 시인
도 됐습니다. (……) 책을 놓지 마세요. 책이 자기 자신을 지켜 줍
니다. 저는 그렇게 믿어요.

아이들이 강연을 잘 들을 수 있을지 염려했는데, 그래도 각 반의 대표로 와서 그런지 나름대로 바른 자세로 강연을 들었다. 고개를 끄덕이는 아이도 있었다. 조용히 앉아 있다는 것만으로도 고마웠다.

오늘 시를 읽고 강연을 들은 경험이 어딘가에 흔적을 남기지 않을까. '책이 자기 자신을 지켜 준다'는 손택수 시인의 말을 아이들이 기억해 주면 좋겠다.

수학여행 출발 시간이 아침 6시 50분으로 정해졌다. 비행기를 타려면 새벽 4시 50분쯤 집을 나와 5시 25분경 공항버스를 타야 한다. 경비 절감을 위해 새벽 비행기를 타게 된 것이다.

제주도로 가는 수학여행 준비를 위해 2학년 담임들이 모여 학년회의를 했다. 학년부장이 수학여행 일정을 말하자 전기과 선생님이 말씀하셨다.

"나 못 일어난단 말이야. 나 안 가."

건축과 선생님이 투덜거리며 말씀하셨다.

"에이, ××. 평소에도 안 오는 놈들이 그 시간에 오겠냐."

그런데 신경질이 전혀 실리지 않은 반장난말이다.

"에, 어쨌든 이 비행기 놓치면 못 갑니다."

학년부장은 선생님들의 푸념을 들은 체도 하지 않았다.

또 학년부장이 한 달 뒤에 있을 2학년 합창 대회를 안내하자 건축과 선생님이 말씀하셨다.

"아 왜 애들을 경쟁을 시키고 그래요? 참 나, 경쟁이 얼마나 스트레스 주는 건데. 대회 같은 것 좀 하지 마요."

나는 피식 웃음이 나왔는데, 다른 선생님들은 그 말에 아무 반응도 안 보였다.

가기 싫어서 혹은 경비가 없어 안 가거나 못 가는 아이가 열두 명. 그래서 우리 반 아이들 가운데 열여섯 명이 참가하는 수학여행이다. 배를 타고 가더라도 다 같이 간다면 좋을 텐데, 하고 생각했다. 돈이 없어 수학여행을 가지 못하게 될 때 마음이 얼마나 일그러질 것인가. 또 '제시간에 올 수 있을까. 8시 30분 등교 시간도 잘 못 지키는 아이들이 많은데……. 김포공항까지 찾아올 수는 있을까.' 하는 걱정도 들었다. 그래서 아이들에게 '5시 전에 집에서 나와 공항버스를 타고 6시 20분까지 공항으로 오길. 무사히 만나자.' 하고 문자 메시지를 보냈다.

새벽 비행기 탑승에 불만을 표시할 줄 알았는데, 아이들은 의외로 잠잠했다. 군말이 나오리라고 예상했는데 말없이 따르는 것이 신기했다. 왜 그럴까? 못 가는 친구들에게 미안해서일까? 대웅이 빼고는 난생처음 비행기를 타는 경험에 설레는 것일까? 아니면 무기력일까?

영우, 대환이, 기우에게서 밤 11시에 공항에 도착해 있다는 문자가 왔다. 뭐 하냐고 물으니, 여기저기 돌아다니며 구경하고 있다고 했다. 잠은 어디서 잘 거냐고 물으니, 잠은 의자에서 자겠다고 했다. 추우면 어쩌냐니까, 춥지 않다고 걱정 말라고 했다. 여러 가지로 미안하고 불편한 마음이 들었다.

☆공고에서의 일들은 시간이 가도 가도 낯설다.

지각한 아이 없이 모두 무사히 제시간에 비행기를 타고 제주도에 다녀왔다. 출발은 좋았지만 사건이 없었던 것은 아니다. 수학여행 에서 아이들이 몰래 흡연, 음주를 하리라는 것은 예상했던 일이 다. 그것은 별 사건으로 생각하지 않기로 했다.

둘째 날 아침밥을 먹은 뒤 관광을 나가려고 다들 모여 있는데 대웅이와 지훈이가 오더니 "우리 방 털렸어요."라고 말했다.

4동 302호에서 잔 아이들이 아침밥을 먹고 온 사이에 MP3 두 개, 신발 한 켤레, 시계 한 개, 그리고 지갑이 없어졌다는 것이다. 그때 방에는 진호와 옆 반 태진이, 진수가 남아 있었다. 그런데 이 아이들도 실은 담배 피우러 나갔고, 나갈 때 방문을 열어 두었다 고 한다.

일단 모두 버스에 타라고 했다. 물건을 잃어버린 리환이, 지훈 이, 경서의 얼굴이 좋지 않았다. 괜히 수학여행 왔다며, 작년 수련 회 때도 그랬는데 또 이런 일이 일어났다고 욕을 해 댔다.

관광버스에 올라 진호, 태진이, 진수가 앉아 있는 뒷자리로 갔 다. 아이들이 아침밥을 먹으러 간 이후의 정황을 짜 맞춰 보았다. 이런저런 이야기를 마치고 자리로 돌아가 앉았다.

그러자 진호가 내게 와서는 말했다.

"선생님, 제 친구가 가져갔는데 저녁에 다시 돌려주겠다고 그랬 어요. 김 선생님(전자과 전공인 1반 담임)께는 절대 말하지 말아 주세요."

아침에 선생님들이 모두 모여 있을 때 아이들이 와서 "방이 털렸다"고 했으니 모두 도난 사실을 알고 있는 상태였다. 그런데 선생님들은 별로 놀라지도 않았고, 다른 반 일이려니 했다. 김 선생님은 작년에도 이런 일이 있었다고 했다.

"오늘 일정 끝나고 저녁때 얘기하자."

진호에게는 이렇게 말하고 자리로 돌려보냈다.

저녁에 숙소에 도착하여 태진이와 진수(1반 아이들)를 불러 다시 물으니, 자신들이 한 일이라고 말했다. 밥을 먹은 뒤 물건을 잃어버린 아이 셋을 불러 잃어버린 물건과 정황을 쓰게 했다. 그리고 진호, 태진이, 진수도 불러 진술서를 쓰게 했다.

"선생님, 어떻게 알아내셨어요?"

물건을 잃어버린 아이들은 물건을 찾았다고 좋아했다. 사실 그 아이들도 범인이 누구였는지 알았을 것이다. 하지만 눈앞에 범인을 두고도 말하지 못했다. 진호, 태진이, 진수는 주먹이 센 아이들이기 때문이다.

수학여행에서 돌아온 후 태진이가 계속 전화를 했다. 문자 메시지도 보냈다. '반성하고 있으니 학생부로 넘기지 말라'는 것이다. 전화도 안 받고 문자에 답도 안 했다.

그 아이들이 밉지 않다. 하지만 죄는 나쁜 것이고 잘못했다는 걸 알아야 한다. 그것이 죄책감이다. 잘못에 대해 부끄러워할 줄 알아야 하고, 만약 그렇지 않다면 벌을 받아서라도 뉘우치는 시간을 가져야만 한다. 학교 밖에서 오토바이를 훔쳐 학교까지 그만두게 되었던 중학교 때 제자 명일이가 떠올랐다. 훔치는 것이 학교 밖에서 이루어지면 삶의 모양새가 바뀔 수도 있다.

등교 시간 기록부를 만들어 교탁 위에 두었다. 아침에 교실에 들어오면 등교 시간을 순서대로 기록하라고 했다(지각을 고치기 위한 방안. 일찍 등교하는 학생 두 명을 뽑아 한 달에 한 번 5000원짜리 문화상품권을 준다.). 지난 금요일 영덕이가 7시 25분에 학교에 왔다. 영덕이가 처음으로 8시 전에 온 것이다.

"오늘 참 특별한 날이네."

그렇게 말해 주었는데, 말 그대로 특별한 날이긴 했다.

영덕이가 1교시 끝나고 내게 왔다. 오른쪽 눈을 감고 눈이 아파 도저히 못 참겠으니 외출을 시켜 달라고 했다. 그래서 병원에 다녀오라고 했는데, 그 이후 감감무소식이었다. 6교시가 되도록 돌아오지 않았다. 전에도 이런 일이 몇 차례 있었고, 무단결석도 했던 터라 단단히 일러야겠다고 마음먹었다. 종례 때까지 반드시 들어오라고 전화를 하고, 고모님에게 전화해서 상황을 알렸다. 고모님은 "죄송합니다."라고 하셨다. 상황의 심각함을 영덕이에게 알리느라 고모님께 전화를 드렸지만 나도 죄송했다. 종례에 들어가 보니 영덕이가 뚱한 얼굴로 앉아 있었다.

종례를 마치고 영진이와 영덕이를 교실에 남겼다. 영진이도 병원 간다고 나가서는 집에 가서 자고 늦게 돌아왔기 때문이다. 그래도 자발적으로 왔다. 영진이와 영덕이에게 교실 바닥에 붙어 있는 껌을 떼라고 시켰다. 둘 다 시큰둥하게 성의 없이 껌을 뗐다. 반 아이들에게 침 뱉지 말고 껌 뱉지 말라고 잔소리를 하는데 잘 안 지켜지고 있다.

영진이는 병원 갔다가 너무 피곤해서 집에 가서 잠깐 자려고 했는데 못 일어나서 늦었다고 했다. 요즘 피자 가게에서 서빙을 하는데 너무 힘들어서 졸리다고 했다. 아르바이트가 중요하냐 학교가 중요하냐고 했더니 아르바이트가 중요하단다. 대학에 갈 생각은 전혀 없고, 취업하고 싶은데 전자과에서 배우는 것은 하나도 못 알아듣겠다고 했다. 영진이는 이렇게 외출했다가 늦은 일이 처음이라 앞으로 그러지 않겠다는 말을 믿기로 했다.

영진이하고 이야기할 때까지는 화가 난 척을 하면서 잘 하고 있었는데, 영덕이와 이야기를 하다가 진짜 화가 났다. 영덕이는 내가 고모에게 전화를 했다는 것에 화가 나 있었다. 영덕이는 무단지각이 너무 많고, 조퇴도 많았다. 그리고 나는 영덕이가 수학여행 가서 다른 과 아이들과 어울리면서 무례한 행동을 했던 일이 마음에 남아 더 화가 났다. 영진이는 자신의 행동에 대해 잘못했다고 하는데, 영덕이는 잘못했다는 말도 하지 않고 말도 안 되는 변명을 늘어놓았다.

"말이 되는 소리를 해라."

나는 교탁을 내리쳤고 화를 냈다. 영덕이도 발로 교실 바닥을 차면서 성을 냈다. 병원에도 가지 않았고 곧장 집으로 가서 잠을 잤다는 것이다. 그리고 학교에 와야 한다는 것은 잊었다는 것이다. 정말 아픈데 어쩌냐는 것이다. 나는 영덕이가 내게 말한 대로 병원에 가지도 않았고, 학교에 오지도 않았고, 제 맘대로 집에 가서 자고 연락도 하지 않는 행동이 잘못된 것이라고 했다. 영덕이는 정말 아프기 때문에 그럴 수 없었다고 했다.

영진이는 누가 이기는지 보려는 듯 남아 있었다. 나는 영진이에게 복도에 나가 있으라고 했다. 나는 영덕이에게 그런 태도가 말도 안 되는 것이라고 했다. 늦게 온 다음에 아팠다고 하고, 병원 간다고 하고서 병원에도 가지 않고 아픈 것이라고 하면 안 되는 거라고 했다. 영덕이는 왜 안 되냐며 고모에게는 왜 전화했냐고 했다. 자기 일이니 자기하고 말하면 되지 않느냐는 것이다.

교실에는 둘밖에 없어 상황이 더 나빠지지 않았다. 결국 말이 통하지 않았지만 적당히 마무리를 하고 말았다. 영덕이는 잘못했다고 하지 않았다. 나도 화가 풀리지 않았다.

내 처지에서 생각해 보면 말도 안 되는 일이 벌어지고, 나의 마음은 이해와 체념 사이를 오간다. 어쩌면 그 이해라는 것이 가짜인지 모른다. 따지다 보면 화를 내게 되고 상황은 더 나빠진다. 저녁에 손을 씻으면서 보니, 오른쪽 새끼손가락 아랫부분에 보라색 멍이 들었다.

오늘 교직원 연수는 교육청의 전문계 고등학교 취업 담당 장학관의 강의로 대신했다. 그동안 내가 몰랐던 것을 알 수 있었던 날이었다.

우리나라 고등학교는 모두 2225개이다. 그중에 일반계 고등학교는 1493개이다. 그리고 2009학년도 대학 진학률은 83.8퍼센트이다. 이는 일본 50퍼센트, 스위스 21퍼센트, 독일 20퍼센트 미만 등 선진국의 대학 진학률을 훨씬 뛰어넘는 수치이다. 하지만 장학관은 자랑할 거리가 아니라고 했다.

장학관 말에 따르면, 서울의 25개 4년제 대학과 전국 국공립 대학의 정원을 합하면 수능 시험을 치르는 수험생의 23퍼센트 정도에 해당한다고 한다. 그리고 이는 수능 성적 1등급(4퍼센트), 2등급(7퍼센트), 3등급(12퍼센트)의 학생수를 합한 것과 거의 같다. 그는 또 특수 목적 고등학교인 외국어 고등학교 학생의 비어문계 진학률이 71퍼센트이며, 이것 또한 학교의 설립 목적과 맞지 않는 왜곡된 모습이라고 말했다.

그는 또 이렇게 말했다.

전문계 고등학교는 존재할 의미가 분명히 있습니다. 일부 전문계 고등학교처럼 대학 입시의 전문계 고등학교 특별 전형을 위한 과정이 아니라 기술인으로서 취업을 할 수 있는 과정이 되어야 합니다. 이를 위해 선생님들이 노력하고 독려해 주세요.

마침 우리 학교가 취업 특성화 학교에 선정되어 이러한 연수를 하게 된 것이었다. 그는 앞으로 우리 학교도 취업 기능을 강화해야 하며, 학생들에게도 이 점을 홍보해 줄 것을 부탁했다. 그리고 중학교에 우리 학교를 알릴 때에도 대학 진학보다는 취업 쪽을 강조해야 한다는 말도 잊지 않았다. 일부 전문계 고등학교가 대학 입시의 전문계 고등학교 특별 전형을 홍보하면서 학생들을 모집하는 예가 많은데(나 역시 중학교에 있을 때 그런 말을 하면서 학생들을 전문계 고등학교에 추천했다.), 우리는 그렇게 하지 않아야 한다는 것이다.

그 말은 ☆공고에 와서 들어 본 이야기 중에 가장 마음에 닿는 것이었다. 전문계 고등학교는 기능 훈련을 열심히 해서 기술인을 양성하는 것이 목표인데, 우리 학교에서도 절반 정도의 아이들이 대학에 진학하고 있다고 들었다. 중학교 내신이 90퍼센트 내외인 아이들이다. 물론 뒤늦게 학교 공부를 잘하게 되는 경우도 있지만, 어디에 있는지 이름도 처음 들어 본 대학에 진학하는 일이 과연 아이들에게 좋은 선택일까.

학교에서 배운 것을 바탕으로 취업을 하려고 노력하고, 그러고도 공부가 필요하면 폴리텍 대학(기능 대학) 등에 진학하는 방식이 되어야 하지 않을까. 생활과 산업과 교육은 저마다 서로 다른 설계도를 가지고 맞추어질 수 없는 퍼즐 조각처럼 뒤섞여 있는 것 같다. 그런 밑그림을 가진 사회의 학생과 학부모들은 얼마나 피로할까.

스승의 날은 언제나 마음이 불편한 날이었는데, 오늘은 편했다. 학교에서 조회 형식의 행사를 하지도 않고, 학생들이 이날을 의미 있게 생각하지 않으리라 짐작하기 때문이다. 어제 반 아이들 주려고 찰떡 파이와 음료수를 샀다.

'너희들이 있어 교사 일을 할 수 있으니 고맙다.'

그런 말을 하고 싶었는데, 전혀 그런 분위기가 아니었다. 그래서 그냥 찰떡 파이를 나눠 주고 아무 말도 안 했다. 생각해 보니 그것이 더 좋았던 것 같다.

등교할 때 정문에서 카네이션 한 송이씩을 선생님들에게 나눠 주었다. 그래도 꽃을 보니 좋았다. 반장 대웅이가 비타민 음료 한 상자를 들고 와서 교무실 앞에 서 있었다. 고맙다고 인사했다. 정말 뜻밖의 선물이었다. 선생님들과 기쁘게 나눠 먹었다. 옆자리 화공과 선생님은 "전자과와 화공과는 이렇게나 다르군." 하셨다. 그리고 영진이가 오더니 "할머니가 갖다 드리래요." 하면서 꽃 한 송이를 건넸다. 고마웠다.

점심을 먹고 오니 책상 위에 예쁜 꽃바구니가 있었다. "어?" 하는데, 2000년도에 처음으로 담임을 맡았을 때의 제자 홍승현이 서 있었다. 대학교 1학년 때 보고 처음인데, 그사이 스물네 살이 되었다고 한다. 정장을 입고 왔다. 승현이는 군대를 제대하고 대학교 복학을 앞두고 동대문에서 일하시는 어머니를 도와 새벽 5시부터 오후 3시까지 일한다고 한다. 그 까불던 아이가 이렇게 의젓해졌다.

승현이는 2000년 '스승의 날'에 공책 한 귀퉁이를 찢어 '선생님의 첫 번째 스승의 날을 축하해요.'라고 써서 주었던 아이다. '내가 스승이라고?' 어찌나 부끄럽던지. 내가 선생님이 되었다는 것을, 그 처음을 일깨워 준 쪽지라 오랫동안 보관했다.

승현이가 내게 말했다.

"선생님, 어쩌다 ☆공고에 왔어요? 선생님 괜찮아요? 제 친구들도 ☆공고 다니는 애들 있었는데, 애들이 의리는 좋으니까 선생님 힘내세요."

옆자리 정 선생님은 종례 시간에 아이들이 〈스승의 날〉 노래를 불러 주었다며 눈을 반짝였다.

5월 22일 체육 대회를 앞두고 지난주부터 농구와 축구 예선 경기가 벌어지고 있다. 과별 대항을 하는데, 전 학년이 모두 출전하지만 2, 3학년이 많다. 전자과는 농구와 축구에서 결승에 올랐다. 축구 준결승에서 우리 반 영덕이, 규종이, 태용이, 지웅이, 진호가 무척 잘해 주었다. 특히 영덕이는 키는 작지만 어깨가 넓어 온몸으로 공을 막는 수비수 역할을 제대로 해냈다. 영덕이가 몇 번이나 몸을 던져 상대방을 막으니까 3학년 전자과 아이들이 영덕이를 칭찬하고 좋아했다. 이 기간 동안 영덕이는 조퇴도 안 하고 결석도 안 했다. 늦더라도 시합 전에는 꼭 나타났다. 그런 활기찬 모습을 보니 이런 시간이 더 많으면 좋겠다는 생각이 들었다.

방과 후에는 늘 럭비부가 운동장을 차지하는데, 우리 아이들도 운동장에서 축구도 하고 농구도 하고 야구도 하면 좋겠다는 생각을 했다. 운동장 한쪽에 암벽 타기 연습하는 공간을 만들어 주면 어떨까. 오전에는 인문, 예술, 체육을 공부하고 오후에 기술을 공부하면 어떨까. 그러면 지금보다 학교생활이 즐겁지 않을까.

그동안 학습에 의욕을 보이지 않고 무기력에 젖은 아이들을 보면서 학교 교육과정이 바뀌면 좋겠다는 생각을 하게 됐다. ☆공고의 경우, 예술과 체육 수업은 늘리고, 쉬운 내용으로 인문 교양 교육을 해서 아이들의 자존감을 높여 주면 좋겠다. 또 실질적인 기능 훈련을 중심으로 기술 교육을 해서 아이들이 손에 익힌 기술로 직업을 구할 수 있도록 도와주면 좋겠다.

## 상식은 통하지 않는다

수학여행 도난 사건은 선도위원회를 거치기로 결정된 터였다. 수학여행에서 돌아온 후 나는 내가 조사한 것을 학생부에 전했고, 그 결과를 기다리고 있었다.

생활지도부 이 선생님이 진호 어머니가 오셨다며 나를 불렀다.

"벌써 선도위원회인가?"

나는 혼잣말을 하며 내려갔다. 내가 생활지도부실로 가자 이 선생님은 나를 보며 이렇게 말씀하셨다.

"이 일은 내가 학생과 부모님에게 잘 이야기하고 덮기로 했어요. 처벌하면 학생들이 좀 그렇거든요."

나는 무척 놀랐다. 어머니를 불러 놓은 상태에서 나에게 처벌하지 않는다고 통보하다니!

"선생님, 이 일은 수학여행에 동행한 교감 선생님도 처리하라고 하셨습니다."

"그건 내가 알아서 할게요."

내 말에 이 선생님이 이렇게 대답했다. 우리 둘 사이에서 어머니 또한 당황하셨다. 나는 학생부에 있는 작은 방에 들어가 이 선생님과 이야기를 나눴다.

"선생님, 제 생각에는 절차가 벌입니다. 잘못에 대해 적절한 절차를 밟는 것이 교육입니다. 죄책감에 대해 알도록 하는 것이 필요합니다. 왜 그렇게 하지 않는 것이지요?"

"우리 학교 생활 지도 규정에 절도에 대한 처벌 규정이 없어요."

"제가 우리 반 아이가 미워서 처벌하려는 것이 아닙니다. 잘못에 대해서는 벌을 받는 것이 그 아이에게도 교육입니다. 저는 그렇게 했으면 합니다."

"알았어. 알았어."

이 선생님은 마지못해 답하시는 듯했다.

작년 말, 같은 중학교에서 이 학교로 발령 났던 최 선생님이 겪은 일이 떠올랐다. 그때 학생은 최 선생님이 위협을 느낄 만한 행동을 했으나 학교에서는 처벌하지 않았고, 선생님이 학생을 포용해야 한다며 무마해 버렸다. 그 일은 최 선생님이 학교를 옮기기로 결심하는 계기가 되었다. 작년에는 네 분의 선생님이 1년 만에 이 학교를 떠났다. 그중 두 분은 이 학교에서 '상식이 통하지 않는다'는 것을 경험하고 떠났다.

잘못을 해도 덮고 가는 것이 좋다는 생각은 무엇에 근거하는 것일까. 그런 방식이 학생을 보호할 수 있을까. 절도를 벌하지 않으면서 무엇이 잘못이고 상식이라고 가르칠 수 있을까.

결국 수학여행 때 절도 사건에 대한 선도위원회가 열렸다. 우리 과의 일은 선도위원회로 넘겨 처리를 하고, 영상과의 일(수학여행 중 100만 원대의 전자 기기가 없어져서 숙소 앞마당에 학생들을 모두 세워 놓고 조사하여 물건을 찾았던 일)은 그냥 넘긴다고 한다. 비슷한 일, 오히려 더 중한 절도에 대해 담임 교사가 아이들 장난이었다고 하자 문제 삼지 않는 것이다.

네 번째 사고이다. 오토바이 사고로는 세 번째. 대형 사고였다. 지훈이는 신촌 세브란스병원 중환자실에 입원해 있었다. 학급 회장인 대웅이, 지훈이와 친한 리환이와 함께 면회 시간에 맞춰 다녀왔다. 어제 병원에 다녀온 아이들이 이런 말을 했다.

"선생님, 지훈이 보면 아마 울걸요."

지난 주말 이 학교를 다니다 그만두었다는 지훈이 친구가 지훈이를 불러 오토바이 뒷자리에 태우고 돌아다녔다고 한다. 경기도 어딘가의 터널에서 코너를 돌다가 넘어졌다고 하는데, 지훈이 친구는 다리에만 골절상을 입었고, 헬멧을 쓰지 않은 지훈이는 얼굴과 머리를 많이 다쳤다. 얼굴이 많이 부었고, 얼굴의 반 정도와 머리를 붕대로 감은 상태였다. 오른쪽 광대뼈가 부러지고 오른쪽 눈과 머리를 다쳤는데, 다행히 뇌는 다치지 않았다고 했다. 노점상을 하시는 부모님이 모두 병원에 계셨다. 그래도 이만하길 다행이라고 생각하는 것이 또 다행이었다. 지훈이는 많이 아파서인지 말이 없었고 별 표현을 하지도 않았다.

눈물은 나지 않았고 불편한 마음으로 돌아 나왔다. 아이들이 서로 마음을 터놓고 지내는 것은 보기 좋지만, 배우지 않아도 될 것을 배우게 되는 것이 눈에 보여 마음이 좋지 않다. 담배, 술, 오토바이. 그런 것은 좋지 않다고, 위험하다고, 배우지 말라고 말하는 것이 무슨 도움이 될까. 지훈이는 앞으로도 여러 차례 수술을 해야 하고, 6개월 이상은 누워 지내야 한다.

3교시 3학년 통신과 수업. 이 반 수업은 참 난감하다. 수업을 하고 있으면 앞으로 갑자기 튀어나와 핸드폰 충전을 한다고 콘센트에 충전기를 꽂는 명대호. 꾸짖으려고 하면 "나 건들지 마요. 곧 잘릴 거예요."라고 대꾸한다.

3학년 수업은 이 아이들에게 가르치기에는 적절하지 않은《독서》교과서를 사용한다. 다른 학습 자료로 대체하려 해도 3학년을 가르치는 다른 선생님들이 좋아하지 않으니 어쩔 수 없이 진도를 나간다.

럭비 선수 한 명과 서너 명의 학생이 수업 후 십여 분이 지나 앞문을 발로 밀며 빵과 음료수를 들고 들어왔다. 자주 있는 일이다. 김인규도 평소처럼 음료수를 입에 물고 들어왔다.

"김인규! 늦게 오면서 태도가 너무 좋지 않다." 했더니, 인규는 아이들을 보고 웃으며 자리로 갔다. "쟤가 뭐래냐." 하는 말이 들리는 듯했다. 덩치가 큰 럭비 선수는 맨 뒷자리로 가서 늘 그랬듯이 의자를 뒤로 넘기고 반은 드러누운 자세로 있었다. 인규는 자리에 앉더니 친구들과 떠들기 시작했다. 이 학교에서 수업을 하며 여러 종류의 모멸을 겪고 있고, 그래서 참는 연습을 나름대로 하고 있지만, 인규의 불손은 참기 어려웠다. 나는 매를 찾았다. 현종이에게 교무실에서 매를 구해 갖다 달라고 했다.

나는 김인규를 앞으로 나오라고 해서 칠판을 잡도록 했다. 인규는 비웃는 듯한 표정으로 몸을 비스듬히 하고 칠판을 잡았다. 나는 나무 매로 엉덩이를 두 대, 나름 세게 때렸다.

"××, 왜 허리를 때려요. 너무하네."

인규가 성을 냈다. 내가 놀라 바라보자,

"××, 더 때려. 그냥 더 때려. 더 때리라고 했잖아."

하며 소리를 질렀다.

인규는 화와 비웃음이 섞인 표정으로 나를 옥박지르는 것 같았다. 학생들은 내가 어떻게 반응하는지 보려는 듯 숨을 죽였다. 엎드려 자던 아이들도 일어나 나를 쳐다보았다. 나는 숨을 크게 들이쉬고 인규에게 자리로 들어가라고 했다. 인규와 같이 늦게 온 아이들은 맞지 않게 되었다며 서로 웃음을 교환했다.

나는 잠시 가만히 있었다. 교실에서 나가고 싶었지만 그래서는 안 된다는 생각을 했다. 조금 있다가 그냥 수업을 했다. 아이들은 어쩐지 잡담은 하지 않았다. 대부분이 엎드렸다. 자거나 자는 척했다. 이 아이들이 자는 것은 당연했다. 이 교과서로 진도를 나가는 수업은 이 아이들에게 맞지도 않는, 말도 안 되는 수업이다.

수업이 끝나고 인규를 불러 도서실로 갔다.

"어떻게 생각하니?"

"죄송해요."

인규는 전혀 죄송해 하지 않았다. 나를 쳐다보지도 않고 고개를 다른 곳으로 돌리며 말했다. 갑자기 매를 들어 미안하다고 했다. 수업에도 늦고, 먹을 것을 들고 들어오고, 앞문을 발로 열고 인사도 안 해 기분이 상했다고 했다. 인규도 미안하다고 했지만 여전히 시선은 다른 곳을 향해 있었다.

나는 인규를 교실로 돌려보냈다. 그러고는 4층 여교사 화장실로 갔다. 마침 다음 수업이 없어 화장실 한쪽 벽에 기대고 서서 창밖의 하늘을 보았다. 화가 많이 나지도 않았고 조금은 후련했다. 이따위 수업을 하는 나 같은 교사는 이런 꼴을 당해도 싸다, 하는 자기 비하를 가장한 연민. 아직도 바닥이 보이지 않는구나, 하는 공허한 패배주의. 맞지는 않았고 울지도 않았으니 최악은 아니라는 거짓 위안. 어쨌든 비슷한 상황에 대해 이야기를 들어 둔 게 도움이 되었다.

이런 내가 비인간적인 것 같다. 비교육적인지도 모른다. 그런데 굴욕을 견디는 힘이 생긴 것은 확실하다. 화를 내면 상황이 더 나빠질 것 같아서 참는다. 어쩌면 화에는 열정이 숨어 있다. 그러나 나는 그 열정을 유지할 자신이 없어서 외면하는 것인지도 모른다. 모래알처럼 작아져서 밟혀도 밟히는 줄 모르는 상태가 되고 싶기도 하다. 창문 왼쪽 끝에 걸려 있던 구름이 창문 밖으로 지나갈 때까지 거기 있었다.

월요일 아침, 교실에 들어서자마자 또 오토바이 사고 소식을 들었다. 이번엔 김진규이다. 작년에 인근 인문계 고등학교에서 전학을 왔다고 하는데, 학교 공부보다는 아르바이트를 더 중요하게 생각하는 것 같다.

　오토바이를 타는 학생들이 여럿이어서 타지 말라고, 조심하라고 잔소리를 종종 하는데, 진규는 자기는 사고 안 난다며 자신하곤 했다. 그런 진규가 배달하다 차에 받혔다고 한다. 진규에게 전화를 하니, 병원에 가서 검사해 본 다음에 입원할지 말지 결정하겠단다.

　아이들이 오토바이 사고에 놀라지 않는 게 참 놀라웠는데, 이제는 나도 놀라지 않는다.

　몇몇 아이들이 "얼마 받을 거래?" 하면서 말을 주고받았다. 그런 말을 들으니 한숨이 나왔다.

학기 초부터 아이들이 읽을 만한 좋은 책을 사는 데 신경을 썼다. 독서 교육에 열정이 많으신 정 선생님이 계셔서 가능한 일이었다. 그리고 1학년을 중심으로 국어 시간 네 시간 중 한 시간은 도서실에서 책을 읽도록 하고, 독후기록장을 만들어 검사하고 수행 평가에 반영하기로 했다. 아이들이 재미있게 읽을 만한 책이 많아지니 도서실 수업 분위기가 작년과는 많이 달라졌다. 재미있는 책을 먼저 읽으려고 서두르는 아이들도 생겼다. 그리고 이런 독서 교육의 연장으로 독서 퀴즈 대회를 하게 되었다.

1학년 중심으로 각 반에서 참가를 희망하는 네댓 명이 모여 도서실에서 대회를 치뤘다. 쉰여섯 명이 참여했다. 도서실의 의자가 모자라 바닥에서 푸는 아이들도 있었다. 자발적으로 참여한 아이들이 많다는 것이 놀라웠다. 대회용 도서는 《도토리의 집 1》, 《얼굴 빨개지는 아이》, 《마시멜로 이야기 1, 2》, 《누가 내 치즈를 옮겼을까?》, 《마지막 거인》, 《우동 한 그릇》, 《그 많던 싱아는 누가 다 먹었을까 1, 2》, 《아름다운 감정 학교 1, 3, 4, 5》 등이었다.

책은 대부분 쉬운 것이었고, 만화와 동화도 있었다. 책 한 권당 쉬운 문제를 다섯 개씩 내 시험지를 만들었다. 통신과의 조윤형은 100점을 맞았다. 대부분의 아이들이 중학교 내신 90퍼센트 바깥이었다는 것을 생각하면 참여 의지가 있다는 것만으로 긍정적이라고 할 수 있다. 정 선생님도 나도 기쁘게 흥분했다.

진규와 지훈이 병문안을 갔다. 지훈이와 친한 리환이, 진규와 친한 규종이, 영진이와 함께 갔다. 아이들은 병원 매점 앞에서 이렇게 말했다.

"샘, 음료수 사야죠."

그러면서 자기들 좋아하는 과자도 하나씩 골랐다.

지훈이는 종합병원에서 수술 후 병원을 옮긴 상태이다. 뼈를 다치면서 눈 한쪽의 눈물샘이 찢어져 눈물이 밖으로 계속 흐르고 있다고 한다. 왼쪽 눈 상태가 좋지 않았다. 두 겹으로 보인다고 하고, 눈 주변의 살이 조금 뒤집힌 상태였다. 지훈이 아버지 말씀으로는 재수술을 해야 하고, 뇌 쪽도 안정되지 않아 골수가 코로 흐른다고 한다. 노점상을 하는 아버지와 어머니가 번갈아 지훈이를 지킨다고 하셨다. 돌아다니면 안 되고 심지어 기침을 해도 안 되는데, 지훈이가 가만히 누워 있지를 않아 회복이 더디다고 하셨다. 결석 일수가 70일을 넘으면 진급이 어려우니 아마도 질병 휴학을 하게 될 듯하다.

진규는 오토바이를 타고 배달을 하다가 종아리와 발목을 다쳐 깁스를 하고 있었다. 병실에 가 보니 옆 침대에 진규 친구도 입원해 있었다. 친구는 인문계 고등학교를 다니다가 자퇴를 했다고 한다. 진규에게 지금 아르바이트로 몇십만 원 버는 것보다 학교생활을 열심히 해서 스무 살 이후를 준비하는 것이 좋지 않겠느냐고 이야기했다. 퇴원한 뒤에도 오토바이를 타고 배달을 할 거냐고 물으니 답을 하지 않았다. 네가 꼭 벌어서 집에 보태야 하느냐니까, 그건 아니지만 자기가 벌어 사고 싶은 것도 사고 돈을 쓰고 싶다고 한다.

'그런 마음을 절제하고 학생으로서 충실하게 사는 게 어쩌면 네가 원하는 것에 더 쉽게 가는 방법일지도 모른다'고 설명해 주려고 했는데, 6인실이라 보는 눈이 많아 더는 말하지 않았다.

오토바이 사고 난 아이들 병문안 다니는 것이 학급 행사가 된 듯하다.

**노숙자 소녀의 이야기**


무단지각과 무단결석을 하는 아이들이 있다. 송진호, 이지웅, 이병혁, 최영덕이 주로 무단지각을 하고, 그중 이병혁과 최영덕은 무단결석도 한다. 병혁이는 무단결석 열세 번 정도인데, 작년보다는 많이 줄었다.

출석부는 늘 지저분하다. 이제 무단결석을 해도 덤덤하다.

'또 안 오는구나. 다른 반도 다 그런데 뭐, 할 수 없지.'

이 학교 상황이 그렇다고 생각하고 있다. 학생들이 게으름을 떨쳐 버리지 못하는 것도 상황 때문일 수 있다. 가정에서 자녀의 학교생활에 관심을 둘 만한 여력이 없는 것이다. 어쩌면 부모님이 게을러 그 생활 태도가 대물림되고 있는지도 모른다.

노숙자 소녀가 하버드대학교에 입학하게 되었다는 기사를 읽었다. 수업 시간에 그 이야기를 해 주었다.


뉴욕 브루클린에서 열네 살밖에 안 된 어머니로부터 태어난 카디자 윌리엄스라는 소녀가 있었다. 소녀는 어머니와 함께 한 평의 누울 자리를 찾아 미국 서부 여러 지역 노숙자 쉼터와 값싼 모텔 등을 찾아다녀야 했다. 12학년을 마치는 동안 열두 곳의 학교를 다녔고, 매춘부와 마약상이 들끓는 거리의 쓰레기봉투 더미에서 지내면서 먹을 것을 구했다고 한다. 하지만 카디자는 공부를 게을리하지 않았다. 고등학교 때는 새벽 4시에 일어나 버스를 타고 통학하면서 밤 11시에 집으로 오는 생활을 했다. 그리고 마침내 20여 개

대학으로부터 합격 통지를 받았고, 결국 하버드대학교를 선택했다. 카디자가 '노숙 학생'이라는 사실을 친구들은 전혀 몰랐다고 한다. 카디자는 자신과 비슷한 처지의 친구들이 더 큰 꿈을 이룰 수 있도록 돕고 싶다고 했다.

"그 소녀가 공부를 안 할 핑계는 많았지만, 그래도 노숙자 생활을 면할 방법은 공부밖에 없다고 생각했을 거예요."

이 이야기를 할 때 무언가 불편한 것이 있었다. 이런 사례를 통해 '공부로 삶을 바꿀 수 있다, 공부를 해서 사다리를 타고 올라가 보자.'라는 생각을 전달하는 것이 적절한가 하는 생각이 들었기 때문이다. 아이들이 '노숙자 소녀'의 예를 기분 나빠 하지 않을까 하는 생각도 들었다. 다행히 아이들이 열심히 듣지 않는 듯했다. 전자과 1, 2반에서만 이야기를 하고 다른 반 수업에서는 하지 않았다.

수업이 없는 빈 시간에 교무실에 앉아 있는데 복도 창으로 들어온 비둘기가 한 바퀴 돌고 나갔다. 비둘기를 가까이에서 보게되는 일이 많다. 비둘기가 창을 통해 자주 들어오고 복도나 교실을 돌아다니기도 한다. 작년에는 참 싫었는데 지금은 그러려니 한다. 덤덤한 척을 하다 보니 진짜로 덤덤해진다. 이것이 무뎌지는 것인지 적응인지 애매하다.

이전에 근무하던 학교에서는 아이들에게 '좋은 태도'를 강조했었
던 것 같다. 여기에서는 그러지 못했다. 안 했다. 학교에 잘 나오도
록 하고, 학교에서 서로 평화롭게 지내며 무사히 학교를 잘 다니
게 하는 것이 가장 우선이라고 생각해서 그랬다. 아침 자습 시간
에는 주로 클래식 음악을 틀어 주고 침묵했다. 그저 아이들이 오
는 것을 바라보고 인사만 했다. "어서 와." 아이들은 와서 아무것
도 안 하고 자거나 멍하니 있거나 잡담을 했다. 학급 문고를 만들
어 책을 20여 권 가져다 놓았지만 아이들은 잘 들춰 보지 않았
다. 그러려니 했다.
　요즘은 조회 시간과 종례 시간에 조금씩 잔소리를 하고 있다.

가방 없이 교복만 입고 다니면 너무 허술해 보인다. / 필기구를 가
지고 다니자. / 머리를 자주 감자. / 제발 침만은 뱉지 말아 다오.
/ 상욕을 하지 마라. / 공부는 좀 후순위에 두더라도 침 뱉고 상욕
하고 그런 것이 습관이 되면 성인이 되었을 때 정말 품위가 없어
진다. / 복도에서 선생님 만나면 가볍게 인사하도록 해라. / 빵 봉
투나 빈 음료수 통을 아무 데나 버리지 마라. / 자기 관리를 할 줄
알아야 어른이 되어서 무슨 일이든 하고 자기 경제를 꾸려 갈 수
있다. / 성실하기만 해도 세상에 할 일이 많이 있을 것이다. / 머리
를 단정하게 정돈하면 좋겠다. / 귀걸이를 양쪽으로 하는 것은 네
이미지와 어울리지 않는다. / 대부분의 사람들이 아침에 일어나고

밤에 자니까 너도 그 질서를 지켜 봐라. / 수업 시간에 바른 자세로 앉아라. / 지금은 아르바이트보다 학교생활이 더 중요하다. / 돈은 나중에 벌어도 된다. 아니 나중에는 벌어야만 하니 지금은 학교에 잘 다니자.

귓등으로 듣더라도 조금씩 내 생각을 이야기해야겠다. 내가 생각하는 바람직한 것들을 학생들이 듣는 것이 조금이나마 도움이 될지도 모르니까.

**복녀와 스테파네트**

2학년 수업 시간에 〈감자〉와 〈별〉을 읽기로 했다. 우선 김동인의 〈감자〉를 읽고 소설에 나오는 복녀, 복녀 남편, 왕 서방, 의사 중에 어떤 인물이 가장 바람직하지 않은지, 왜 그렇게 생각하는지 이야기해 보도록 했다.

대웅이는 의사가 가장 나쁘다고 했다. 양심이 없기 때문이란다. 진호는 복녀가 나쁘다고 했다. 개념이 없는 여자란다. 그래도 복녀 남편이 가장 나쁘다는 답이 많았다. 게으르고 무능해서 부인을 고생시키는 남자란다. 그러다가 이야기가 다른 데로 빠졌다.

"샘, 지웅이는 중2 때 여자를 알았어요."

진호가 말하자 지웅이가 물었다.

"샘, 좋아서 하는 것도 나쁜 거예요?"

"19금이야."

나는 답을 하지 않고 말을 돌렸다.

그 다음 시간에는 알퐁스 도데의 〈별〉을 읽었다. 요즘 '수업 관찰'이라는 온라인 연수를 받고 있는데, 수업 대화를 옮겨 보는 게 도움이 된다고 들었다. 〈별〉 읽기 수업의 대화 장면을 옮겨 보면 다음과 같다.

선생님　자, 이제 이 소설의 인물에 대해 알아봅시다. 등장인물이
　　　　누구지요?

학생들　양치기, 스테파네트요.

선생님  네, 잘했어요. 둘이서 이야기를 이끌고 있네요. 그럼 두
　　　　사람에 대해 알고 있는 것들을 정리해 봅시다. 먼저 양치기
　　　　부터 해 볼까요? 아무거나 말해 봅시다.

학생A  병신이에요. 사내새끼가.

학생들  (웃음)

선생님  아, 왜 그렇게 생각했어요?

학생A  밤에 둘이 있는데, 별이나 보고 뭐하는 거예요. 병신.

선생님  그래서 그렇구나. 그럼 어떻게 해야 병신이 아닌가요?

학생A  에이, 덮쳐야죠.

학생들  (웃음)

선생님  음…… 그런 사람도 있고, 또 양치기 같은 사람도 있지요.
　　　　양치기 같은 사람을 학생은 '병신'이라고 보는군요. 또 다른
　　　　사람은?

학생B  순진해요.

선생님  그래요. 또?

학생C  순수해요. 조용히 있는 것을 좋아하는 사람이고요.

선생님  네, 그렇다고 할 수도 있지요.

학생A  에이, 무슨 순진이야. 병신이지.

선생님  여자하고 밤에 둘이 있다고 다 그런 생각을 하지는 않을 수
　　　　도 있어요. 사람마다 다르지요.

학생A  그래도 멍청이, 병신이에요.


　이렇게 작품을 읽고 이에 대해 아이들이 자신의 생각을 표현하
고 대화할 수 있으니 좋았다.

**모의고사 성적**

지난번 본 모의고사 성적표가 나왔다. 언어 영역은 대부분 7, 8, 9 등급. 그중에서도 단연 9등급이 많았다. 수리 영역은 4등급부터 9등급까지 있었는데, 기우는 다 찍었는데도 4등급이라며 좋아했다. 수리 영역 성적은 기우가 전교 1등이다. 외국어 영역도 7, 8, 9 등급.

　다들 시험 문제를 푼 것이 아니라 답을 찍고 잤기 때문에 성적표를 제대로 보려고 하지 않았다. 이런 상황인데도 전교생이 모의고사를 치러야 한다니, 참으로 종이가 아깝다.

중학교에서 근무할 때는 아이들이 시험과 성적에 많은 관심을 보이는 게 당연한 일이라고만 생각했는데, ☆공고에 와 보니 그것도 하나의 편견이라는 생각이 든다. 공부와 성적에 관심이 있는 아이도 있고 그렇지 않은 아이도 있는데, 대체로 성적에 관심이 없다.

아이들에게 수행 평가 점수를 보여 주고 확인을 하게 하는데, 관심을 보이는 학생이 몇 안 된다. 시험을 치른 다음 문제에 대해 질문을 하거나 점수를 궁금해 하는 학생도 보기 드물다. 몇몇 선생님은 인문고에서는 이런 것들 때문에 예민했었는데, ☆공고에서는 그런 문제로 시달리지 않으니 편하다고도 한다. 그래서인지 나도 공부 이야기를 거의 안 하게 된다.

기말고사 첫날인데, 지훈이는 장기 입원으로 병결이고 병혁이는 안 왔다. 병혁이는 요즘 밤 12시까지 고깃집에서 아르바이트를 한다. 오후에 나타나는 날이 점점 많아지고 있다. 그러면 무단지각으로 처리되고 결석은 아니니까 그렇게라도 학교에 나오는 게 다행이다.

병혁이는 아르바이트 때문에 힘들어 아침에 일어날 수가 없다고 한다. 나라고 해도 그렇게 늦게까지 일을 하면 아침 일찍 학교에 나오기가 힘들 것 같다. 아르바이트는 방학 때 하면 어떻겠냐고 말했더니, 곧 방학이니 그냥 하겠다고 한다. 대화를 해 보면 지각하지 않으려고 노력하는 것 같기도 한데, 실은 학교에 꼭 나와야 한다고 생각하지 않는 것 같다. 그것도 그럴 수 있겠다는 생각이 든다.

병혁이에게 전화를 해 보니 힘들어서 아침에 일어나지 못했다며, 내일은 꼭 일찍 오겠다고 한다. 또 믿는 척해 본다.

중간고사 때도 그랬지만 이번에도 병결석, 무단결석, 무단지각으로 시험을 못 치르는 아이가 많을 것이다. 그렇게 처리되어도 아쉬워하지 않는다.

성적에 관심이 없는 아이들에게 학교는 무엇일까.

어떤 선생님은 이 아이들을 낮 동안 잘 데리고 있어야 밖에서 사고가 안 난다고 하면서, 그것이 ☆공고의 중요한 역할이라고 한다. 학교는 이렇게 큰 아이들의 탁아소일까. 친구를 만나고 밥을 먹는 곳일까.

또 어떤 선생님은 인문계 고등학교는 학생들에게 내신 성적을 매겨 주는 곳이고, 이 학교는 고졸 증명서를 주는 곳이라고도 한다. 이러한 자조에는 꽤 높은 함량의 진실이 담겨 있는 듯하여 씁쓸하다.

옆자리 정 선생님이 학기 초에 서울시 교육청에서 공모한 '독서
오거서 운동'에 뽑혀 300만 원 정도의 예산을 얻게 되었다. 선생
님은 ☆공고 아이들을 위해 독서 프로그램과 시스템을 만들어 주
어야 한다는 신념을 가진 분이다. 정 선생님이 있어 나도 ☆공고
아이들도 참 다행이다. 그 예산으로 독서기록장도 만들었고, 봄에
시 낭독 대회도 할 수 있었다. 그리고 기말고사 마지막 날 독서
캠프를 했다. 1학년 중심으로 독서 캠프를 알렸고, 권유와 독려로
여덟 명의 아이들이 참여했다. 열댓 명 참가하기로 했는데, 시험
마지막 날이라 그런지 도망을 가고 빠져서 그리되었다.

  정 선생님과 나는 아이들과 함께 학교 근처에 있는 영풍문고에
갔다. 아이들은 서점을 돌아다니며 책을 구경하면서 '서점에서 흥
미를 느낀 책 다섯 권 쓰기, 사고 싶은 책 다섯 권 쓰기, 서점 탐
방 감상 쓰기' 등의 내용이 담긴 종이를 채워 나갔다. 각자 1만
5000원어치 책을 살 수 있도록 해 주니, 모두 진지하면서도 즐
겁게 책을 구경했고 골랐다. 고른 책 중에는 학습 만화도 있었고,
《성문 기본 영어》도 있었고, 자기 계발서도 있었다. 난생처음 서점
에 와 보았다는 아이도 있었고, 이런 행사가 있으면 다음에도 꼭
불러 달라고 부탁하는 아이도 있었다.

  학교로 돌아와 함께 자장면을 먹었다. 그리고 책 만들기를 했
다. 짧은 이야기를 지어 주어진 형식 안에 표현하는 활동이다.

  여덟 명의 학생들 중에는 내가 ☆공고에 오기 전에 근무했던 중

학교에서 부진아 반이었던 양준익도 있었다. 중학교 때 학업 성적
이 낮아 부진아 지도를 받았지만, 태권도를 배우는 성실한 학생이
었던 것으로 기억하고 있다. 준익이는 내가 수업을 들어가지 않는
건설정보과인데, 복도에서 마주치면 늘 공손하게 인사를 한다. 지
금 준익이를 맡고 있는 담임 선생님께 학교생활을 잘 하고 있냐
고 물은 적이 있었는데, 칭찬을 많이 하셨다. 착하고 성실하기 때
문에 이대로 따라오면 3학년 때는 꽤 많이 발전할 것이라는 말씀
을 하셨다. 오늘 보니, 인정을 받아서인지 준익이 얼굴에 자신감
이 보였다. 독서 캠프 활동도 진지하게 해 나갔다. 중학교 때보다
의젓해진 모습이 보기 좋았다.

준익이처럼 ☆공고에 와서 자신감을 얻고 자존감을 회복하는
아이들도 있으니, 어쩌면 ☆공고는 있어야 하는지도 모르겠다.

모처럼 마음이 밝아진다.

방학하기 전에 출결에 문제가 많은 병혁이와 영덕이의 부모님을 오시라고 해서 면담을 했다. 병혁이는 무단결석 17일로 우리 반에서 가장 결석을 많이 했다. 그리고 그 외 결석이 25일쯤 되고, 무단지각이 23회이다. 병혁이 아버지와는 우리 반 학부모 가운데 가장 많이 통화를 했다.

비가 많이 내린 지난 목요일, 병혁이 아버지가 학교에 오셨다. 병혁이는 아버지와 사이가 좋지 않고 그 때문에 집을 나오고 싶어 한다. 면담의 내용은 현재 무단결석이 많은 상황을 알리고 자기 관리를 하도록 돕는 것이었다. 어려움은 무엇인지, 어떤 점을 해결해 나가야 하는지 이야기를 나눴다. 병혁이 아버지는 이전에 통화할 때도 자기 이야기를 많이 하시는 편이었는데, 이번 면담에서도 그러했다. 그것이 싫은 병혁이는 짜증을 내면서 자기는 나가겠다고 했다.

병혁이를 먼저 보내고, 병혁이 아버지와 계속 이야기를 나눴다. 병혁이 아버지는 자신은 ○○공고와 ○○대학교를 나와 이러저러한 일을 하는데, 요즘 돈벌이가 잘 안 된다고 하셨다. 그리고 부인과는 어떤 이유로 따로 살게 되었는지, 병혁이가 자신을 어떻게 괴롭게 하는지, 혼자서 병혁이와 병혁이 동생을 키우는 어려움이 어떠한지에 대해 말씀하셨다. 아버지와 병혁이가 서로를 힘들어하고 있다는 것을 알 수 있었다. 마지막에는 지갑에 넣고 다니는 글귀를 보여 주었다. '상처 없이 사랑할 수 없다'는 내용이었다.

금요일에는 영덕이 고모가 오셨다. 통화를 자주 한 터라 어쩐지 친근하게 느껴졌다. 영덕이는 무단결석 8일에 무단지각 33일이라 합치면 무단결석을 20일 한 셈이다. 주의를 줄 수밖에 없었다. 영덕이, 영덕이 고모와 함께 출결 상태를 이야기하고 영덕이를 보낸 뒤 고모에게서 영덕이를 키우게 된 이야기를 들었다.

영덕이가 여섯 살 때, 아버지와 차를 타고 가다가 운전을 하던 아버지가 사고로 돌아가시는 것을 보았다고 한다. 나는 영덕이가 가끔 밤새 잠을 자지 못했다고 하면서 지각을 하고, 잠이 안 올 때는 어떻게 하느냐고 묻는 것이 떠올랐다.

남동생을 잃은 해에 영덕이 고모는 남편과 사별까지 했다고 하신다. 결국 자신의 자식 하나에, 영덕이와 그 아래 두 동생, 그리고 장애가 있어 양육을 할 수 없는 또 다른 남동생의 아들(영덕이와 동갑)까지 조카 넷을 맡아 키웠다고 하신다. 그리고 부모님까지 모두 여덟 명의 생계를 책임지느라 정신없이 살았고, 그래서 아이들 공부를 못 봐 주었다고 자책하셨다. 이제는 감자탕 집을 열어 안정이 되었고, 몇 해 전에 집을 고쳐 주는 TV 프로그램에서 집도 고쳐 주었다고 하셨다. 영덕이 고모는 가정사를 찬찬히 들려주셨다.

영덕이 고모는 또 영덕이가 "선생님은 내 말을 잘 들어 준다"고 했다며 고맙다고 하셨다. 나는 영덕이가 나를 좋아해서 유순하게 지내는 줄 알았는데, 그게 아니었다. 마음이 고운 고모가 곁에 계신 덕분이었다.

# 4

## 교과서를 던지다

2009년도 2학기

영우가 개학 날인 19일에도, 다음 날에도 결석을 했다. 지각 한 번 안 하던 친구이다.

방학 때 혜화동 대학로 거리에서 우연히 영우를 보았다. 〈개그 콘서트〉 표를 팔고 있었다. 영우는 성실하고 얌전한 학생이다. 말을 조금 더듬기도 하는데, 그런 일을 하고 있어서 놀랐다. 힘들지 않느냐고 했더니, 괜찮다고 하면서 한 장 팔면 티켓 값의 20퍼센트를 받는다고 자랑했다.

그러던 영우가 학교를 안 오고 전화도 받지 않는다. 집에서도 대책이 없다. 가출을 했기 때문이다. 계속 전화를 하니 문자 메시지가 왔다.

'내일도 안 갈 거예요.'

이제 곧 근무한 지 만 1년이 된다. ☆공고에 대해 가졌던 부정적인 감정이 어떻게 바뀌었는지 생각해 본다. 아이들에 대한 두려움은 많이 사라졌지만, 무기력하고 의욕 없는 아이들과 수업하기는 여전히 어렵다.

우리 반 아이들에 대한 생각은 전보다 긍정적으로 바뀌었다. 시간이 흐를수록 태도가 조금씩 나아지는 것처럼 보인다. 교실 바닥에 침을 뱉으면 500원 벌금 내기를 하는데, 교실 바닥이 깨끗해졌고 냄새도 덜 나게 됐다. 아침 자습 시간에는 만화책으로 구비한 학급 문고를 읽고 음악을 듣는다. 학교에 오면 불을 끄고 엎드려 있던 모습보다는 훨씬 그럴듯해 보인다. 내 문제 해결 방식도 나아지고 있다. 부정적인 감정을 조절할 수 있게 되었고, 대처 속도가 빨라졌다. ☆공고에 익숙해지기도 했고, 아이들을 좀 더 알게 되면서 이해의 폭이 조금 넓어진 것인지도 모르겠다.

하지만 나에게 못마땅한 점이 있다. 언젠가부터 아이들의 여건이나 수준을 탓하며 이렇게도 저렇게도 하지 않는다. 익숙해지자 나태해지는 것이다. 특히 수업을 잘하려고 노력하지 않는다. 수업에 대한 자부심도 없어졌다. 고등학교 교사가 되어 수업을 잘해보고 싶었는데, 지금의 나는 그런 마음조차 잊어 가고 있다. 아주 쉬운 것을 쉬운 방법으로 하려고만 한다.

지훈이가 질병 휴학을 하기로 했다. 어머니가 학교에 오셔서 휴학 원서를 쓰고 가셨다. 1학기 때 오토바이 사고 때문에 중환자실에 입원했던 지훈이는 그 후 수술을 몇 차례나 더 받았다. 뇌 수술을 했고, 얼굴에 생긴 상처 때문에 성형 수술을 했고, 눈물샘이 찢어져 봉합 수술도 했다. 그리고 지금은 뇌수를 안정화하려고 입원해 있다.

지난주에 문병을 갔을 때, 지훈이는 꼼짝 않고 누워만 있으려니 답답하다고 했다. 겨울까지 그렇게 지내야 한다고 한다. 그리고 오토바이를 몰았던 친구와는 연락이 끊어졌다고 한다.

퇴근길에 영덕이를 삼양동까지 태워 주게 되었다. 영덕이는 날마다 교무실에 와서 이런저런 이유로 조퇴를 시켜 달라고 했기 때문에 다른 아이들보다 이야기를 많이 나눈 편이다. 그런데 차 안에서 갑자기 내게 이렇게 물었다.

"선생님, 내가 진짜 어려울 때 나 도와줄 거예요?"

"내가 왜 널 도와?"

"아, 진짜……. 선생님, 나는 선생님이 애들한테 까이면 막아 주려고 하는데."

"내가 왜 까여? 무슨 소리야?"

"아, 진짜……. 선생님, 그런 게 있어요. 선생님은 뭘 몰라."

"너는 졸업할 때까지 나쁜 짓 하지 마."

"나쁜 짓 뭐요?"

"삥 뜯고 약한 애들 때리고 하는 그런 짓 말이야."

"아, 내가 지금 열여덟에 그런 짓 하겠어요? 다 커 가지고. 그리고 삥 뜯는 게 뭐가 나빠요? 있는 사람 돈 좀 나눠 쓰자는데."

"뭐야?"

"아, 안 해요, 안 해."

"암튼 너, 나쁜 짓 하면 절대 안 된다. 그건 꼭 지켜 줘야 해."

"아, 진짜……. 내가 요새 선생님 때문에 주먹을 안 써 가지고 애들이 막 덤벼요. 짜증 난다니까, 진짜."

"아, 됐고. 잘 가. 나쁜 짓 하지 마. 그거 하나는 꼭 지켜."

11시쯤 영우가 어머니와 함께 학교에 왔다. 개학 후 첫 등교였다. 어머니는 청소 일을 하시는 것으로 알고 있다. 영우 일로 많이 지치셨는지 기력이 없으셨다.

영우가 학교에 오지 않아 나도 매일 전화를 하고 학교의 친구들에게 알아보라고 하고 다른 과의 친구들에게도 물어서 행방을 찾고 있었다. 집에서 경찰서에 신고하여 찜질방에 있던 영우를 찾았고, 어머니께서 데리고 오게 된 것이었다.

"얘가 이런 애가 아니었는데……."

어머니는 같은 말만 반복하셨다. 내가 1학기에 알던 영우도 이런 아이가 아니었다.

오후에 영우와 이야기를 나눴다. 영우는 떨리는 목소리로 아주 조금씩 이야기를 했다.

방학 중에 일이 있었다고 한다. 초등학교 동창들과 잘 어울려 지내는데, 그중에 여학생이 한 명 있다고 한다. 그런데 영우와 친한 친구가 그 여학생에게 좋지 않은 일을 했다고 한다. 그 뒤로 여학생은 영우에게 "실은 나는 너를 좋아하고 있었다"고 고백을 했고, 그 일이 있고 나서 영우는 모 공고에 다닌다는 친구와 다투었다고 한다. 그 여학생도 가출해서 지금 자기와 함께 지내고 있다고 한다.

영우는 굉장히 심각했고 조금 울기도 했다. 이제는 모든 남자 동창들과 만나지 않을 것이며, 자신이 이제 그 여학생과 가까운

사이라고 했다. 그 여학생을 자기가 지켜 주어야겠다고 했다. 영우
는 이제 담배도 피우고 술도 마시는 모양이다.

어머니도 걱정이 많으시고 나도 그렇다고 했다. 집을 나와 생활
하는 것은 힘든 일이니 여학생도 너도 집으로 가야 한다고 했다.
그리고 학교에 다시 나와야 한다고 했다.

영우는 잘 모르겠다고 하고 교실에 갔는데, 종례 시간에는 자리
에 없었다.

우리 반에는 여학생이 여진이 한 명뿐이다. 여학생 혼자라 힘든 것이 많을 것이다. 우선 친구가 없어 외롭다. 그리고 여진이는 의사소통이 잘 안 된다. 가까이에서 듣지 않으면 무슨 말을 하는지 알기 힘들다. 발음도 부정확하다. 문제 해결 능력이나 공부는 말할 것이 없다. 1학년 때는 남학생에게 맞은 적도 있다고 한다.

어제 전자과 체험 학습으로 ○○대학교 전자과 탐방을 나갔다. 인솔은 전자과 전공 선생님이 하셨는데, 오후에 여진이를 잃어버렸다는 연락이 왔다. 반 아이들과 선생님이 대학 캠퍼스 곳곳을 돌아다니며 여진이를 찾았지만 보이지 않는다고 했다.

나는 몹시 불안했다. 여진이의 문제 해결력은 초등학교 저학년 수준 정도이고, 의사소통 능력은 그보다 못하기 때문이다. 길을 잃고 헤매다 나쁜 사람이라도 만나게 되는 것은 아닌지 걱정이었다. 일단 집으로 연락을 해 아버지께 말씀을 드렸다. 밤새 운전을 하고 주무시다가 전화를 받은 아버지는 오히려 나를 안심시키셨다. 여진이가 알아서 올 것이라고 하셨다. 여진이는 아버지, 오빠와 사는데 언젠가 오빠와 통화를 해 보니 여진이와 비슷하게 의사소통이 잘 되지 않았다. 아버지는 전에도 이런 일이 있었는데 집을 잘 찾아왔었다고 걱정 말라고 하셨다.

안절부절못하며 기다리고 있는데, 3시 30분쯤 여진이가 학교로 돌아왔다. 이야기를 들으니, 가방은 학교에서 빌려 타고 간 버스에 두고 그냥 학교 밖으로 나와 버렸다고 한다. 지갑이 없는데 어떻게 왔느냐니까, 어떤 아주머니가 학교까지 태워 주었다고 한다. 마음속에서 '감사합니다'라는 말이 절로 나왔다. 그런데 여진이가 갑자기 울면서 학교를 다니고 싶지 않다고 했다. 친구도 없고, 학교가 싫다는 것이다. 달래 주는 것 말고는 별 도리가 없었다.

조금 뒤에 아이들을 태운 버스가 왔다. 여진이 가방을 챙겨 여진이를 먼저 집에 보내고, 반 아이들에게 이야기했다. 여진이를 보호해야 하고, 놀리거나 힘들게 하지 말아야 한다고. 아이들은 여진이를 찾느라 뙤약볕에서 고생하고, 오후 일정도 어긋나 마음이 상한 상태였지만 진지하게 들어 주었다. 이 일로 여진이에게 좋지 않은 말을 하지 않기로 약속했다.

생각해 보니, 그동안 오토바이 타는 아이들, 무단지각이나 무단결석 하는 아이들과 이야기하느라 정작 대화가 더 필요한 아이들과는 이야기를 나누지 못했다. 얌전히 앉아 있다 조용히 집으로 가는 아이들, 여리고 약하고 무기력한 아이들은 별로 돌보지를 못했다. 아무 문제도 일으키지 않는 게 어쩌면 더 문제일 수도 있겠다는 생각이 든다.

**수준과 기준**

교장실에서 10월에 있을 1학년 '학업 성취도 평가' 관련해서 회의가 있었다. 국어, 영어, 수학 과목의 선생님들이 모두 모였다. 각 교과에서 학업 성취도 성적을 어떻게 높일 수 있을지 방안을 마련하라는 이야기가 있었다. 국어과에서는 그나마 아이들이 풀 수 있는 게 듣기 평가니 그것을 연습시키자고 했다. 그리고 아이들이 문제를 읽지도 않고 답만 찍으니 문제를 한 번이라도 읽어 보도록 독려하자고 했다.

각 학과의 교과 주임 교사가 대책을 말했고, 교장 선생님은 우리 학교의 학업 성취도 평가 결과가 심각한 수준이라며 선생님들이 아이들을 잘 가르쳐 달라고 말씀하셨다. 선생님들의 표정은 회의적이었다. 가장 연장자이신 국어과 차 선생님이 교장 선생님 말씀에 대답을 하고 회의를 마무리했다.

"네, 알겠습니다. 열심히 해 보겠습니다."

차 선생님은 회의실을 나와서 "이런 것은 진지하게 대응하면 안 되는 문제"라며 씩 웃으셨다.

작년에 이 학교로 발령받은 뒤로 여러 가지 놀라운 일들이 있었지만, 그중에서 학업 성취도 평가와 모의고사 때의 아이들 모습은 충격적이었다. 대부분의 아이들이 한 번호나 지그재그로 답안지를 표기하고 잠을 자거나 음악을 듣거나 심지어는 만화책을 보기도 했다. 그런데 그런 행동을 제지하기가 쉽지 않았다. 시험 문항에서 묻고 있는 것들은 우리 아이들에게 어려운 내용이라 가르친 적이 없기 때문이다. 그러니 학생들이 이런 문제를 풀 수가 없어서 시험에 집중하지 못하는 것을 뭐라고 할 수도 없다는 생각이 들었다. 이 시험은 그냥 앉아 있는 훈련을 하기 위한 것이라는 생각까지 들었다. 수능을 준비하는 소수의 아이들만 모의고사를 볼 수 있도록 하는 것은 어떨까 하여 교무부에 문의도 해 보았다.

학력이 낮은 전문계 고등학교로 발령받지 않았다면 하지 않아도 될 고민을 하게 되었다. 이러한 학생들이 실제 풀 수 있는 '기술인을 위한 국어, 영어, 수학' 문제를 만들어 학업 성취도 평가를 치르게 하면 좋겠다는 생각이 들었다. 내친 김에 교육청에 연락을 했다. 우리 학교와 같은 전문계 고등학교에서 인문계 고등학교와 동일한 학업 성취도 평가를 치르는 게 무슨 의미가 있는지, 더 바람직한 방안을 만들어 나가는 게 어떤지 물었다. 그리고 전문계 고등학교의 존재 목적도 교육청의 요구도 취업 강화에 있는데, 그렇다면 아이들에게 그에 걸맞은 실업 교육을 하는 것이 맞고, 시험도 아이들에게 적합하고 도움이 되는 인문 교양과 기초 수리 정도만 치르도록 하는 게 맞지 않느냐고 물었다. 전문계 고등학교의 경우, 그에 맞는 학업 성취도 평가 문항을 계발하고 그것으로 시험을 치르는 게 어떠한지를 물었다.

"이 시험의 목적은 실제 학력을 평가하는 거예요. 고등학교 1학년은 '국민 공통 기본 교육과정'에 속하기 때문에, 고등학교 1학년 학생이라면 시험을 치르는 게 마땅하지요. 서울 시내 308개 고등학교 중 76개가 전문계 고등학교인데, 그중에서도 그 학교는 아주 드물 정도로 학업 성취가 낮아요. 예외를 둘 수도 없고 전문계 고등학교를 위한 시험을 만들 수도 없어요."

교육청 관계자가 설명했다.

현 상황이 유지된다면 ☆공고에 있는 동안 아이들이 풀 수 없는 수준의 학업 성취도 평가와 모의고사를 치르는 것을 바라보며 아이들과 함께 무력감을 견뎌 내야 하는가 보다. 평가를 받지 않겠다는 게 아니라 우리 아이들에게 실제 도움이 되는 시험을 만들어 달라는 것이다. 하나뿐인 기준이 아니라 조금 다른 여러 기준을 만들어 볼 수 없느냐는 것이다.

**글을 길게 써 본 적이 없어요**

백일장이 열렸다. 올해는 '신종 플루'라는 유행병 때문에 교외 행사가 모두 취소되어 교내 행사로 진행했다. 나는 아이들에게 시는 두 편, 수필은 스무 줄 이상 쓰지 않으면 집에 안 보내 준다고 했다. 아이들은 말도 안 된다고, 글을 길게 써 본 적이 없다고 하면서도 스무 줄을 채워 냈다. 열아홉 줄도 통과시켜 주지 않았기 때문이다. 그중 두 아이의 글을 소개한다. 맞춤법은 고친 것이다.

### 후회

예전의 잘못된 선택 때문에 하루하루 후회를 하며 지낸 적이 있다. 중학교 땐 마냥 노는 게 즐거웠고 친구가 인생의 전부인 줄 알았다. 친구들이 자퇴를 하니 나도 따라 자퇴를 했다. 그땐 정말 학교 안 가고 친구들이랑 노는 게 가장 좋았다. 복학을 했는데, 고등학교 1학년 나이에 혼자 중학교 생활을 하는 게 불만스러워 반항이라는 반항은 다 하면서 지냈다.

1년이 다 지나갈 때쯤 걱정이 됐다. 성인이 되면 과연 어떻게 먹고 살 수 있을까? 결혼은 할 수 있을까? 갑자기 막막해지기 시작했다. 2학기 기말고사가 마지막 기회지만 내 머리로는 불가능했다. 겨우 백분율 97퍼센트가 나왔지만 가고 싶은 고등학교를 가기에는 성적이 너무 나빴다. 담임 선생님의 추천으로 ☆공고에 오게 되었다. 여기 와서도 내가 원하는 과를 선택할 수가 없었다.

고등학교는 중학교랑 전혀 달랐다. 선생님들도 학교 규정도 엄했다.

머리 자르는 건 정말 싫었지만 어차피 앞으로 3년이나 있어야 하니 안 자를 수가 없었다. 1학년 교과 선생님들은 성격도 좋고 공부도 잘 가르쳐 주셔서 좋았다. 그런 선생님들 수업에 떠들 수도 놀 수도 없었다. 그냥 배신하기가 싫었다.

그러다 보니 시험 성적이 신기할 정도로 많이 올라갔다. 중학교 때만 해도 평균 40점대였는데 고등학교 올라와 80점대가 나오니 신기했다. '나도 하면 되는구나. 내 머리가 좋구나.' 하면서 하다 보니 태어나서 처음으로 상장도 탔다. 상장과 성적표를 부모님에게 보여 드렸다. 부모님이 기뻐하는 모습을 보니 나도 기뻤다.

## 신종 플루에 걸린 담임 선생님께

담임 선생님, 안녕하세요. 매일 제가 말썽만 피우고 틈만 나면 지각하고 조퇴시켜 달라, 외출하게 해 달라 해서 힘드시죠? 죄송해요. 선생님께 나쁜 기억만 만들어 드려 죄송합니다. 앞으로 남은 두 달 좋은 기억, 기쁜 추억을 만들도록 노력할게요.

선생님 지난주에 그 위험하다는 신종 플루에 걸리셨는데 괜찮으세요? 가족 분들도 걸리셨다고 들었는데, 선생님이 학교를 못 나오시니까 걱정이 정말 많았어요. 선생님이 학교를 안 나오시니까 전자과 이 선생님께서 부담임을 맡으셨는데, 무섭기도 하고 하도 말이 많으셔서 귀찮기도 했어요.

2학년 올라오자마자 면허 따겠다고 선생님에게 졸라서 나갔잖아요. 제가 아직도 철이 안 들었나 봐요. 제가 생각해도 한심하기 짝이 없는 것 같아요.

선생님, 아프지 마시고 학교 잘 나오세요.

**영우의 마음은 어디에 있을까?**

방학 때 대학로에서 〈개그 콘서트〉 입장권을 팔던 영우는 2학기 개학 이후 내내 무단결석을 하거나 어쩌다 오면 무단조퇴를 한다. 한여름 대학로에서의 그 장면은 나쁜 암시였던 것 같다. 얼마 전 또 무단결석이 이어졌고 가출을 했다는 말을 들었다. 이번에도 경찰이 영우를 찾아냈고, 영우 어머니는 영우를 데리고 학교에 오셨다. 영우의 표정도 말투도 더욱 심드렁해졌다.

영우 어머니는 영우가 갑자기 달라졌다고, 저러다가 제 누나처럼 고등학교를 마치지 못할까 봐 걱정하셨다.

"아이고, 어쩔까요. 어쩔까요."

영우 어머니는 내 앞에서 영우에게 학교 졸업만은 해야 한다고 영우에게 사정하였고, 영우는 어머니의 말에 반응이 없었다.

요즘 영우 어머니께 영우가 학교에 안 왔다고 연락을 하는 일이 많았는데, 그럴 때면 힘없이 말씀하신다.

"또 안 갔어요? 어제 돈 달라고 해서 줬는데, 간다고 하더니 왜 그럴까요. 어떻게 해야 되나요?"

전화를 하는 내가 어머니께 미안해서, 어떤 날은 그냥 학교 온 것으로 하고 연락을 드리지 않고 싶기도 하다.

영우와 친했던 대환이와 기우는 영우가 아주 나쁜 애가 됐다고 했다. 담배도 많이 피우고 술도 마시고 그런다는 것이다. 자기들은 이제 영우와 놀지 않는다고 했다. 리환이는 영우가 뒤늦게 사춘기인 것 같다고 했다. 대웅이는 영우가 센 척하는데 아주 웃기다고 했다. 영우는 그럴 애가 못 된다는 것이다.

영우는 마음이 저 먼 데 있는 아이처럼 되었다. 학교에 와도 엎드려 있다가 슬그머니 나가 버린다. 9월 내내 그랬다. 한번은 어머니와 함께 면담을 하는 중에 도망을 갔다. 교문 밖까지 쫓아 나갔는데, 영우가 뒤를 한 번 돌아보더니 어딘가로 달려가 버렸다. 나는 영우가 휘황한 시내에 나갔다가 갑자기 콜라나 할리우드의 카우보이 영화에 빠진 티베트 아이처럼 느껴졌다. 어디로 가는 것인지……

소년이 입을 다물고 있을 때는 침묵을 지킬 줄 알아야 합니다. 즉, 그가 침묵을 지킬 표시를 하면 그에 응할 줄도 알아야 합니다.

돈 보스코의 말을 떠올리면서, 영우에게 앞으로 잔소리도 안 하고 면담도 안 할 테니 그냥 학교만 나오라고 말했다.

**영진이의 생일**

며칠 전부터 영진이가 오늘이 자기 생일이라고 이야기했는데, 아침에 영진이에게서 늦잠을 자 늦게 온다는 문자 메시지가 왔다. 내게 왔을 때 "생일 축하한다."라고 말하며 뭘 주고 싶은데, 아무것도 준비한 게 없었다. 옆자리 정 선생님이 가지고 있는 초콜릿을 하나 빌렸다.

1교시 끝나고 영진이가 왔다.

"생일 축하한다."

나는 인사를 건네며 초콜릿을 내밀었다.

"선생님, 생일 선물로 점심시간에 꼭 외출을 하게 해 주세요."

"왜?"

"노원구 면허시험장에 다녀오려고요. 생일이니 꼭 들어주세요."

"알았어."

"근데 실은 아침에 늦잠 잔 게 아니에요. 오토바이 면허 필기시험을 보고 왔는데 합격했어요."

오토바이를 타지 않으면 좋겠지만, 면허를 따 두겠다고 하고 오늘은 생일이니 원하는 것을 들어주기로 했다. 이것이 영진이에게 도움이 되는 일이면 좋겠는데, 어찌 될지는 모르겠다.

영상과 1학년 신상호가 수업이 끝난 뒤에 따라 나왔다. 늘 수업 전에 와서 준비물을 묻고 챙겨 주는 아이다. 수업이 끝난 뒤에도 수업 도구들을 챙겨 주거나 옮겨 준다.

　상호는 지난 주말에 영상과에서 4박 5일 동안 가는 일본 견학 프로그램에 뽑혀 다녀왔다. 일본에서 립스틱을 샀다며 나한테 주는 것이다. 보라색 체크무늬의 포장지로 단정하게 쌌다.

　교무실 자리에 앉아 열어 보았다. 열어 볼 때마다 기분이 좋아지게 책상 서랍 첫 번째 칸에 넣어 두었다. ☆공고에서 이런 선물을 다 받다니, 정말 고마웠다.

**선생님이 되고 싶기도 하다**

일형이, 영철이와 면담을 했다. 일형이가 영철이를 때려 이 치료한 보철 일부가 떨어져 나갔다.

둘은 아주 얌전하다. 그리고 무기력하다. 학교에 오면 주로 교실에 가만히 있다가 집에 간다. 둘 다 어눌한데, 알콩달콩 지내다가 가끔 일형이가 욱하면서 성질을 낼 때가 있다. 일형이는 다른 아이들보다 한 살이 많은데, 눈물도 많고 자기 분을 참지 못해 가끔 울면서 교실 밖으로 나가기도 한다. 얼마 전에는 점심밥을 먹는 중에 친구가 자기 반찬을 허락 없이 먹은 것으로 싸우다가 현관의 유리를 발로 차서 발목에 유리가 박히는 큰 상처를 입기도 했다. 중학교 때 정신과 치료도 좀 받은 것으로 알고 있다. 담배 피우고 오토바이 타는 아이들도 걱정이지만, 이렇게 기(氣)가 아주 약한 아이들도 걱정이다. 치료비 9만 원을 3개월에 걸쳐 나누어 주는 것으로 이야기를 마쳤다.

영덕이는 사흘에 한 번씩 면담을 하는 셈이다. 지각과 조퇴 문제로 자주 내 자리에 온다. 오면 자연스럽게 의자를 찾아서 내 옆에 앉는다. 영덕이는 학교 공부에는 관심이 없고 무사히 진급해서 졸업을 하는 것이 목표이다. 나도 그 목표를 이룰 수 있도록 도와주려고 한다. 영덕이는 내 옆에 앉아 내 말은 조금 듣고 자기 하고 싶은 이야기를 하고 간다. 요즘은 두 살 어린 동생이 말썽을 피워 고민이 많다. 학교를 그만두려고 한다는 것이다. "네가 잘 타일러서 학교는 꼭 마치도록 도와줘라." 하니 안 그래도 그러려고 애

쓰고 있다고 한다. 또 친구들 이야기도 하고 아르바이트 이야기도 한다. 그리고 우리 반 성일이가 혼자 논다는 이야기를 했다.

"혼자 놀면 뭐 어때?"

"선생님이 그러면 안 되죠. 반 아이들이 다 같이 어울리도록 해야죠."

영덕이는 나를 가르쳤다.

"중학교 때는 아무 생각 없어도 좋았는데……."

나는 영덕이에게 이제는 생각도 좀 하고, 성실하게 살며 질서를 지키는 게 중요하다고 이야기했다. 그리고 영덕이는 그런 삶은 재미없다고 말했다.

"샘, 내가 지금은 이래도 나중에 사장이 될 거예요. 근데 요즘은 선생님이 되고 싶기도 해요."

왜냐고 물으니, 선생님이 되어서 나하고 회식을 하고 싶단다.

## 11월 ☆일 **그 아이에게는 이것 하나뿐이야!**

제2회 ☆공고 시화전을 열었다. 국어과 정 선생님이 총감독이고 나는 손발이다. 작년에 이어 올해도 수업 시간에 시 쓰기를 하고 시화 작품을 만들었다. 작년 가을에 수업이 잘 안 되어 중학교에서 해 보았던 생활시 쓰기를 했는데 좋았다. 시를 읽고 마음에 드는 것을 옮겨 써 보고 평가도 해 보고 모방시를 써 보았다. 그리고 자기 이야기를 시로 쓰게 했더니 꽤 읽을 만한 시들이 나왔다. 친구들의 시를 읽으며 아이들이 재미있어 했다. 그런 수업에 대해 국어과 선생님들과 이야기를 나누었고, 마음이 맞는 선생님들도 함께 생활시 쓰기 수업을 하게 되었다. 입시 부담이 없는 터라 이런 수업을 2주 정도에 걸쳐 천천히 진행할 수 있었다. 그래서 작년에 제1회 시화전까지 할 수 있었던 것이다.

올해는 작년보다 조금 더 준비가 되었다. 좋은 색연필과 펜을 구입했고 이젤도 장만했다. 이런 일들은 감독이신 정 선생님이 앞장서서 해결해 주었다. 작년에 이어 두 해째 하는지라, 학생들은 "시 쓰기 하는구나." 하면서 더 잘 따라 주는 듯했다. 쉽고 좋은 시 읽기, 옮겨 쓰기, 평가하기, 모방시 쓰기, 자기 이야기를 시로 쓰기, 시화 표현하기 순으로 진행이 되었다.

학생들의 시에는 아르바이트, 담배, 친구 문제, 두발 단속, 우리 학교, 부모님 등에 대한 생각이 솔직하게 담겨 있었다. 아이들이 쓴 생활시와 모방시를 읽어 보고 그중 한 작품을 골라 주고 좀 더 다듬을 수 있도록 했다. 그리고 시가 완성이 되면 A4 용지에 시 쓰기와 그림 그리기를 하도록 했다. 그리고 잘한 아이들에게는 8절지나 4절지를 주어 시화를 완성하게 했다. 시화전 경험이 있는 2학년 학생들은 자신들의 작품도 전시해 달라고 했다.

시화전 준비는 정 선생님 반 학생 몇 명, 우리 반 학생 몇 명이 했다. 우리 반 대환이, 기우, 태주, 민우와 나는 전시할 작품을 꾸미는 일을 했다. 작품을 패널에 붙인 다음 스테이플러로 찍어 고정하고 비닐을 덮은 뒤 검은 테이프로 가장자리를 두르고 다시 스테이플러로 고정하면 된다. 정 선생님은 화공과 아이들을 데리고 창고에 있는 게시판을 가져오고 이젤을 설치하고 시화 전시를 할 공간을 꾸몄다.

그런 중에 학업 성취도 평가 채점 문제로 국어과 선생님들 사이에 문제가 생겼다. 컴퓨터로 주관식 정답을 채점하는 일인데, 각 학교에서 한 명씩 이 일을 담당하게 되어 있었다. 다소 귀찮고 따분한 일이라 돌아가며 하기로 했고, 올해 채점은 곽 선생님이 맡기로 했는데, 채점 마감이 이틀 남은 상황에서 학교 밖에서 하는 강의 때문에 시간을 낼 수가 없다고 했다. 시화전 준비를 한참 하는데 국어과 주임 선생님이 정 선생님을 찾았다. 난처한 일인데 어떻게 해결해야 할지 모르겠다고 의논하러 오신 것이다. 정 선생님은 곽 선생님의 일 처리 방식에 문제가 있다며 자신이 이야기를 하겠다고 나섰다. 올해 부임한 곽 선생님에 대해 정 선생님은 이번 일만이 아니라 계속 언짢은 문제가 생겨 왔다며 한 번은 짚어야 한다고 했다. 이러한 상황에서 곽 선생님이 오고, 내가 일하고 있는 교무실 복도에서 곽 선생님과 정 선생님이 큰 소리로 이야기를 하는 상황이 되었다. 나와 함께 작업을 하던 아이들이 물었다.

"수업 시수 가지고 싸우는 거예요?"

"어, 별 걸 다 아네. 수업 시수 이야기는 2월에 하는 거야. 그리고 싸우는 게 아니라 그냥 큰 소리로 이야기하시는 중이야."

내가 이렇게 대답하자 태주가 말했다.

"싸우는 거 맞잖아요. 다 알아요."

그러면서 재미있다는 듯이 귀 기울여 들었다.

"선생님이 그 일을 맡기로 하셨는데, 이제 와서 이러시면 어떻게 해요? 외부 일도 할 수 있지만, 그렇다고 학교 일에 문제가 생기면 안 되는 거죠. 학교 일이 하찮아 보일지 모르지만, 우리는 의미 있게 해야 해요."

정 선생님의 말을 듣고 곽 선생님도 말했다.

"솔직히 학교 일을 열심히 하는 것은 바보 같아요. 아시잖아요."

두 사람은 모두 진심으로 말하고 있었다.

아이들에게 생활시를 쓰도록 하고 색연필과 사인펜으로 그림을 그리게 하는 활동을 보고, 초등학생이나 중학생이 하는 활동 같다고 말하는 선생님도 있다. 또 나와 정 선생님에게 중학교에서 근무하던 티가 난다고 말하는 선생님이 있다는 이야기도 들었다. 하지만 나나 정 선생님이나 '이러한 것조차 하지 않는다면' 하는 생각을 하면서 이런저런 일을 해 보고 있는 것이다.

작년에 최 선생님이 학교를 옮기기로 결정하고 나 역시 갈등할 때도 정 선생님은 흔들리지 않았다. 중도 탈락으로 32명 정원에서 18명만 남은 화공과 담임을 맡느라 위염을 달고 살지만 그래도 자신은 근무 연한을 다 채우겠다고 했다. 그리고 무엇보다 나와 다른 점은, 내가 관찰하며 괴로워만 할 때 선생님은 문제 제기를 한다는 것이다. 정 선생님은 일에 대한 애정과 책임감이 남다른 분이다.

곽 선생님과 정 선생님의 의견은 좁혀지지 않았다. 감정 섞인 큰 소리가 오갔다. 그리고 학업 성취도 평가 채점은 원로 교사를 뺀 다섯 명이 나눠서 하기로 했다. 정 선생님은 곽 선생님과 이야기를 끝낸 뒤 나와 우리 반 아이들이 작업하고 있는 곳으로 왔다. 그리고 작품을 붙인 패널을 보더니 소리쳤다.

"이게 뭐야. 이렇게 대충 테이프를 둘러 놓으면 그 아이는 얼마나 속상하겠어. 그 아이에게는 이거 하나뿐이야. 그 아이는 자기 작품만 본단 말이야. 삐뚤게 된 것은 뜯어서 다시 해야 해. 하기 싫으면 그냥 가. 내가 다 할 수도 있어."

나는 뜨끔했다. 실은 날이 어둑해져 나도 빨리 일을 끝내고 싶은 마음에 작업을 꼼꼼하게 하지 않은 것이다. 우리는 비닐과 테이프를 뜯고 새로 작업했다. 비닐도 깔끔하게 씌우고 검은 테이프도 말끔하게 둘렀다. 그 사이 화공과 아이들은 짜장면만 먹고 말도 없이 도망을 가 버렸다.

결국 병혁이가 '장기 결석자 선도위원회'에 가게 되었다. 무단결석 38일에 무단지각 31일이다. 선도위원회가 열리는 소회의실 앞에 가니 대상자인 아이들과 부모님들이 서 있었다. 아이들보다 부모님들이 더 안타깝고 애처로운 표정을 짓고 있었다.

☆공고는 중도 탈락 학생이 꽤 많다. 졸업생이 입학생보다 100명 정도 적다. 주로 출석 일수가 부족해 학교를 그만두게 되는 경우가 많다. 나는 되도록 아무도 탈락하지 않고 3월의 아이들이 모두 진급하게 되는 것을 간절하게 바라고 있다. 그런데 병혁이가 아슬아슬했다.

선도위원회에 오신 병혁이 아버지와 면담을 했다. 병혁이 아버지는 병혁이가 언제 철이 들지 모르겠다면서 걱정이 많았다. 병혁이 친구 중에 학교를 그만둔 아이들이 많고, 그 아이들과 어울리다 보니 병혁이도 학교 졸업에 별 의미를 두지 않는 것 같다고 말씀하셨다. 병혁이는 출석 문제로 나와 자주 이야기를 했는데, 늘 잘해 보겠다고 했다. 그런데 고쳐지지가 않았다. 집이 경기도 양주니 멀기도 하고, 친구들과 어울리다 보면 학교를 잊어버린다고 한다.

학교를 잊어버리는 기분은 어떨까. 병혁이는 가방도 없고 필기구도 없다. 학교에는 그냥 온다. 귀에는 이어폰을 꽂고 MP3를 들으며 교복 상의도 입지 않고 모자 달린 티셔츠를 입고 온다.

작년에 정문 지도를 할 때 가방을 들고 오지 않는 아이들을 잡아 지도했다. 그때 한 학생이 검은 비닐봉지를 들고 들어왔다.

"애야, 이리 와 봐."

내가 아이를 부르자 그 아이가 눈을 부릅뜨면서 말했다.

"왜요? 나는 이게 가방이에요."

우리 아이들은 학교가 자기들에게 아무것도 주지 않는다고 생각하는 것은 아닐까. 가방도 없이 필기구도 없이 등교 시간을 무시하면서 학교에 맞서는 것일까. 거부라는 자기표현으로 그러는 것이라면 좀 더 나을 수도 있겠다.

게으름 때문에 중도 탈락을 해서는 안 된다고 병혁이 아버지 앞에서 병혁이에게 다시 한 번 당부했다.

**수능 감독**

인문계 고등학교에 수능 시험 감독을 하러 갔다. 오랜만에 시험 문제를 열심히 푸는 학생들을 보니 낯설었다. 그 어려운 문제를 풀다니, 참 대단해 보였다.

우리 학교에서 함께 감독하러 간 선생님들과 점심 식사를 할 때 모두 그 이야기를 했다. 그런 말을 하는 우리는 다른 학교 감독 선생님들과 비교해 보면 ☆공고 선생다웠다.

**정독도서관에 가다**

지난달 계발 활동으로 교지편집반의 네 아이들과 학교 인근 대학
교에 갔다. 나는 학생들에게 대학교 도서관을 보여 주려고 했다.
대학교 교정에 모여 도서관으로 가려니까 아이들이 싫다고 했다.
가서 볼 것이 없다는 것이다. 그냥 영화관에 가자고 했다.

"여기까지 왔는데 무슨 영화관이야? 학교 구경도 하고 도서관
도 보고 가자. 다 끝나면 치킨 사 줄게."

그랬더니 그냥 치킨만 먹자고 했다. 그리고 태주가 물었다.

"선생님, 이 학교 다녔어요? 우리한테 자랑하려고 온 거예요?"

결국 학교 도서관에 가지 못했다. 내가 잘못 생각한 것이다.

오늘은 '도서관 재도전'이라는 마음으로 정독도서관에서 활동
을 하기로 했다. 거기에는 옛날 교실을 꾸며 놓은 공간도 있고, 교
복이나 교과서를 전시해 놓은 교육사료관도 있었다. 사진을 찍으
며 구경했다. 아이들은 이곳에서도 도서관에 들어가 책을 구경하
는 것은 할 필요가 없다고 했다. 그래도 오늘은 도서관 근처에서
놀았으니 지난번보다는 낫다.

3월 초부터 마음이 힘든 반이 있었다. 3학년 통신과이다. 그 반의 명대호는 ☆공고에서도 튈 정도로 행동이나 말투가 남다르다. 봄에는 교실 뒤에서 반 아이들과 유사 성행위를 하여 몹시 불편하게 만들기도 했다.

얼마 전에 교지 만드는 일 때문에 설문 조사를 한 일이 있었다. 3학년 학생들의 설문 내용은 이름과 함께 모두 실어 주려고 했는데, 그 반만 설문지를 돌려주지 않아 국어 시간에 내가 직접 하게 되었다. 물론 볼펜도 가지고 갔다. 펜을 가지고 다니지 않는 학생이 많아 늘 펜을 여러 자루 들고 다닌다.

설문지의 질문은 여섯 가지였다.

① 한밤중 집에 불이 났다면 가장 먼저 가지고 나가고 싶은 것은 무엇인가요?

② 광고 회사에서 당신을 모델로 캐스팅한다고 합니다. 어떤 제품일까요?

③ 내일이 졸업식입니다. 오늘 밤 무슨 생각을 하게 될까요?

④ 당신이 선생님이라면 수업 중에 자는 학생을 어떻게 대할 것인가요?

⑤ 선생님께 들었던 말 중에 가장 기분 좋았던 것은 무엇인가요?

⑥ 고등학교를 졸업하고 사회에 나가기 전에 꼭 갖추어야 할 것은 무엇이라고 생각하나요?

설문지를 나눠 주고 쓰라고 하자 대호가 말했다.

"샘, 나 그런 거 안 해요."

나는 볼펜을 주며 말했다.

"이거 교지에 나가는 거니까 좀 해 주라. 부탁할게."

대호는 잠시 나를 보더니 펜을 받았다.

"샘, 나 펜 2년 만에 잡아 보는 거 알아요? 1학년 때 이후로 저음이네."

그러고는 설문지에 답을 쓰기 시작했다.

"고마워. 잘 좀 써 봐."

대호의 대답은 아래와 같았다.

① 나, 옷, 돈, 가족.

② 옷.

③ 이제 학교 안 다닌다.

④ 내버려 둔다.

⑤ 없어.

⑥ 없어.

요즘 교지에 들어갈 내용을 편집하고 있는데, 그중에 아이들이 쓴 '☆공고 교사들의 명대사'는 다음과 같다.

• 너희들 그러다 진짜 서울역 1번 출구에서 동창회 한다.

• 오늘 수업 15분 넘기면 피크닉(음료수) 쏜다.

• 하여튼 이거 희한한 종자들이야.

- 내 시간에는 이명박도 못 들어와.
- 이건 어디 가서 돈 주고도 배울 수 없는 거야.
- 나중에 선생님을 교육부 장관으로 밀어 주면.
- 얘들아, 일어나! 제발.
- 사랑한다, 이리 온나. '퍽'
- 짧으면 5분, 길면 15분이면 다 끝나. 자, 프린트를 봐 봐.
- 세월아, 내 세월아.
- 작업복 안 입고 오면 세 시간 내내 청소.
- 나가! OUT! 추방!
- I'm sad. 절망적이다.
- 초등학교 3학년도 풀 수 있는 문제 나가신다.
- 자리에서 일어나지 마세요. 너희 땜에 미쳐.
- 군대 가기 싫은 사람 나와. 십자인대 파열해 줄게.
- 맞짱 뜨지 마라.
- 야, 5000대 맞고 퇴학해라.
- (학생을 깨울 때) 할렐루야!
- 지금 너 나한테 반항하니? 너 일진이니?
- 야, 이 당나구 새끼들아. 다람쥐들아.
- 그런 행동을 하면 애니멀이 되는 거야.

**교지 편집을 하면서 ☆공고에 대해 더 잘 알게 된다.**

## 우울한 영진이


영진이는 쉬는 시간에 조퇴를 시켜 달라고 내 자리에 자주 온다. 그리고 뭐 먹을 것 없냐고도 한다. 귀여운 얼굴에 키도 작고 잘 까분다. 그런데 담배를 많이 피운다. 가까이 오면 담배 냄새도 함께 온다. 영진이는 종례가 끝나면 바로 가지 않고 교실에 남아 내게 한두 마디 던진다.

얼마 전에는 내게 이렇게 물었다.

"선생님은 금요일에 뭐 해요?"

"집에 가지."

"에이, 재미없어. 선생님, 금요일에는 소주도 한잔하고 그러는 거예요. 선생님은 소주 한잔할 친구도 없어요?"

"뭬야?"

"선생님은 딱 보니까 술 마실 친구도 없는 것 같아요."

"야!"

"선생님은 인생을 몰라. 금요일에 소주 한잔할 생각 있으면 전화해요."

그런 영진이가 갑자기 우울해졌다. 이유를 물으니, 어머니가 암에 걸렸다고 한다. 영진이는 어릴 때 목포에 살았는데, 여섯 살 때 아버지가 배 타다가 돌아가시고 엄마는 떠나고 할머니가 영진이와 형을 키웠다고 한다. 어머니와는 가끔 전화 연락만 주고받는다고 했다. 아침부터 말없이 조용하게 있더니 조퇴를 꼭 시켜 달라고 한다.

나는 날씨도 춥고 한데 나가면 뭐하겠느냐고 그냥 학교에 있으라고 했다. 영진이는 학교에 있을 기분이 아니라며 꼭 나가겠다고 했다. 좀 걱정이 되어, 나갔다가 종례 때는 꼭 들어오라고 했다. 종례 때 보니 영진이가 돌아와 있었다. 여태 못 보던 힘없는 얼굴로 앉아 있었다. 종례를 마치자 영진이는 그냥 가 버렸다.

가을 독서 퀴즈 대회에 52명이 참가했다. 대상 도서는 다음과 같았다.

《아홉 살 인생 1, 2》,《열네 살 1, 2》,《반쪽이의 육아 일기》,《곰팡이꽃》,《간판스타》,《삼국지 1, 2, 3》,《나의 라임오렌지나무》,《오필리아의 그림자 극장》.

대부분이 만화책이다. 줄거리가 있는 만화를 구입해 읽게 했다. 긴 줄글을 안 읽으려고 하기 때문에 이런 책들을 읽게 하고 있다. 수업 중에 아이들이 몰입하여 책을 읽는 것을 보면, 독서 동기 유발은 쉽고 재미있는 책으로 하면 된다는 것을 알겠다. 그런데 읽기 능력이 나아지고 있는지는 의심스럽다. 국어과 정 선생님과 이런 문제를 논의하면서 '그래도 아무것도 안 읽는 것보다는 낫다, 만화책이라도 내용이 좋은 것을 읽으면 도움이 될 것이다.' 하는 나름의 근거를 만들기는 하지만 불편한 마음이 늘 있다. 아이들을 가만히 앉아 있게 하거나 책을 들고 있게는 할 수 있지만, 고등학교 아이들에게 이런 수준의 책을 읽게 하는 게 맞을까 하는 의구심도 있다.

수업 중에 수행 평가를 하기 위해 《칼의 노래》를 읽었다. 물론 만화로 읽었다. 총 세 권으로 되어 있는데, 한 시간에 한 권씩 읽고 내가 열 문제를 내주면 답을 찾고 짧은 감상을 쓰면 된다.

첫 번째 문제는 '이 이야기의 시대 배경은 언제인가?'였다. 뜻밖에 '일제 시대'라고 답한 아이들이 있었다. 그렇게 답한 아이에게 진지하게 물었다.

"왜 그렇게 생각했지?"

"도요토미 히데요시는 일본 놈이니까 일제 시대 아니에요?"

"이 이야기에 선조 임금이 나와요. 임금은 조선 시대에 있었어요. 일제 시대는 조선이 망하고 난 뒤, 일본이 우리를 식민지로 지배할 때를 말해요."

또 어떤 아이는 이순신이 실제 인물이냐고 물었다. 몇몇 아이들이 질문한 아이에게 야유를 보냈다.

"광화문에 가면 장군 동상이 있는데, 그게 바로 이순신 장군 동상이지요. 실제 인물입니다."

"그럼 심청이는요? 춘향이는요?"

☆공고 학생들을 위해 쉽고 좋은 유익한 만화책이 많이 발간되면 좋겠다.

1학기 학급 회장을 한 대웅이, 2학기 회장을 한 리환이와 식사를 했다. 제육볶음을 먹었다. 명목은 둘 다 회장 역할을 잘했기 때문에 고마움도 표현하고 격려하기 위한 것이었다.

대웅이는 내가 첫 번째 근무했던 학교에서 가르쳤던 한 학생과 사촌지간이다. 면담을 하다가 안 사실이다. 그 사촌 형은 인문계 고등학교를 나와 서울 시내의 사립 대학교에 다니고 있다. 사촌 형은 공고 다닌다고 자신을 많이 무시한다고 말했다. 대웅이는 우리 반에서 성적이 가장 좋은 학생이다. 롯데리아에서 아르바이트를 하면서 어머니에게 생활비도 드린다. 나는 3학년 때도 열심히 해서 원하는 대학에 진학하면 사촌 형 못지않을 거라고 말해 주었다. 대웅이는 전자 실습을 좋아하고 그쪽 분야로 나가고 싶다고 했다. 삼성전자에 취직하는 것이 꿈이라고 한다. 나는 꼭 이루어질 것이라고 말해 주었다.

리환이는 중학교 때 방황을 많이 했다. 그래서 반 아이들보다 한 살이 많은 형이다. 아주 착실한데, 예전에 어떤 방황을 했었는지 짐작이 되질 않는다. 아이들 말로는 밖에서는 학교에서와 다르다고 하는데, 그것도 잘 짐작이 되지 않는다. 리환이의 꿈은 사회 선생님이고, 그래서 사범대학 사회교육과에 진학하고 싶다고 한다. 리환이는 내신 성적 관리를 열심히 하면서 잘 되리라고 믿고 있다. 좋은 꿈이지만, 꿈을 이루려면 학교 공부를 아주 많이 해야 한다고 이야기해 주었다. 실제로 전문계 특별 전형으로 4년제 대학에 가도, 전공이 달라질 경우 수업을 따라가지 못해 중도에서 포기하는 경우가 많다고 들었기 때문이다. 리환이는 내가 무작정 지지해 주지 않아 조금 서운한 듯도 했지만 진지하게 들었다.

이렇게 이야기를 하다 보면, 아이의 과거, 현재, 미래가 한꺼번에 다가온다. 어쨌든 미래에는 지금보다 나은 생활을 할 수 있었으면 좋겠다.

**선생님, 내년에 다른 학교로 갈 거예요?**

종례를 하고 뒷정리를 하는데 영진이가 물었다.

"선생님, 내년에 다른 학교로 갈 거예요?"

"왜?"

"가실 거잖아요. 맞죠?"

1학년 때 담임 선생님도 1년 만에 다른 학교로 갔다고 한다.

속으로 뜨끔했다. 실은 원거리 전보(출퇴근 거리가 18킬로미터를 넘으면 전근을 신청할 수 있는 제도)로 학교를 옮길까 하는 생각이 있었다. 그래서 지금 사는 곳으로부터 먼 동네의 집도 알아봤다. 사는 집, 아이가 다니는 학교, 내가 근무하는 학교 등을 한꺼번에 바꾸는 일이기 때문에 쉬운 일이 아니었다. ☆공고와 아이들에게 적응이 되어 가고 있지만, 그런 적응에 대해 불만이 있기도 해서 그런 마음이 들었던 것이다. 하지만 올해부터 원거리 전보 제도가 없어져 나는 ☆공고를 떠날 수가 없게 되었다.

얼마 전 언니가 전화로 이런 말을 했다.

"다른 곳에 가면 또 다른 어려움이 있어. 어찌 보면 조금 모양이 다를 뿐이야. 견뎌 봐. 그 아이들은 운이 좀 덜 좋았던 거잖아. 운이 좀 더 좋았던 네가 좀 받아 줘야지. 네가 그곳에 있는 게 공부야. 그렇다고 무리하게 뭘 하려고 하지 말고. 네가 애쓴다고 달라지는 건 별로 없을 테니까. 그렇다고 그런 상황 때문에 너무 괴로워할 것도 없어. 그냥 있는 것도 때로는 필요한 거야."

영진아, 나 못 간다. 안 가려는 마음도 있고. 물어 줘서 고맙다.

한 해 동안 국어과의 일 중에 같이 의논하고 싶은 것을 정리해 국어 선생님들과 이야기를 나눴다.

- 학업 성취도 평가 채점 문제
- 교과서 재구성 문제
- 시험 문제의 난이도 조정 문제
- 인턴 교사 활용 문제
- 내년도 담임 계획과 수업 분담의 문제
- 문예 행사 등에 관한 이야기

이 중 교과서 재구성 문제에 대해 이야기를 많이 했다. 이것은 모든 국어 교사가 공감하는 것으로, 현재 쓰고 있는《국어》교과 서,《국어 생활》교과서,《독서》교과서는 우리 학교 아이들이 배우기에 적합하지 않다. 그때그때 임기응변으로 학습지를 만들지 말고, 계획을 짜서 일관된 흐름으로 만들어 보자고 했다. 그래서 두 사람이 1학년 한 학기씩을 맡고, 또 다른 두 사람이 2학년 한 학기씩을 맡고, 내가 3학년을 맡기로 했다.

학습 내용 재구성의 원칙을 다음과 같이 정했다.

첫째, 기존 교과서에서는 우리 학교 아이들에게 가르칠 만한 단원
   을 최소한으로 뽑을 것.

둘째, 그 단원을 다시 학습지로 재구성하여 만들 것.

셋째, 1, 2, 3학년 학생 대상의 권장 도서나 읽을거리를 유인물로 만들 것.

넷째, 수업용 유인물은 자신이 책임을 맡은 학기 동안 일관된 흐름을 유지하도록 할 것.

이렇게 논의를 하고 나니, 어쩐지 내년에는 국어 수업이 잘될 것 같은 착각을 하게 된다.

**크리스마스 파티**

중국 음식을 21만 1500원어치 주문해 교실에서 먹었다. 2학기에 걷은 지각비, 학급비에 내가 조금 보탰다. 네 명 한 모둠에 탕수육 하나와 짜장밥·짬뽕·짜장면 가운데 각자 원하는 걸 시키고, 서비스로 군만두까지 먹었다. 케니 G의 〈크리스마스 캐럴〉을 들으며 우리는 점잖게 식사를 했다. 나는 여진이 옆자리에 앉았다. 다 먹은 뒤에는 중국집에서 가져온 커다란 플라스틱 통에 남은 음식물을 모으고, 그릇은 검정 비닐봉지 안에 차곡차곡 넣었다. 책상도 깨끗이 닦고 환기까지 다 하고 종례를 했다.

음식을 먹는 동안 다른 반 아이들이 몰려와 우리 반 창문에 붙어 애원했다.

"짜장면 한 젓가락만."

"만두 한 개만."

우리 반 아이들이 다른 반 친구들에게 군만두를 나눠 주었다. 냄새를 피워 다른 반 선생님과 아이들에게는 미안했지만, 내일모레는 크리스마스다.

오전에 경찰서에서 전화가 왔다. 우리 반 영찬이가 담배를 살 때 보여 준 주민등록증이 위조한 것이었다. 경찰서에 와서 조사를 받기로 했는데, 오지 않아 학교로 전화한 것이다. 나는 영찬이를 불러 경찰서에 다녀오라고 했다. 차비가 없다고 해서 3000원을 건네며 빨리 가서 죄송하다고 말씀드리고 오라고 했다.

"점심은 와서 먹도록 해라. 주민등록증 위조는 불법이다. 담배를 사고 싶다고 그런 일을 가볍게 해서는 안 된다. 가서 말씀 잘 듣고 와라."

아이들에게 물으니 영찬이는 참 재수 없게 걸렸다고 한다. 누가 주민등록증까지 위조해 가면서 담배를 사냐는 것이다. 자신들은 그냥 살 수 있다고 한다.

작년 가을에서 겨울 사이 경찰서에 가서 조서 쓰던 기억이 났다. 이런저런 일들을 겪으면서 지나가는구나 싶다.

학기 말 성적 일람표가 나왔다. 대웅이와 리환이는 대체로 모든 과목에서 1, 2등급의 성적을 받았다.

**고마워, 그리고 미안해**

애들아, 다들 엉덩이 붙이고 자리에 앉자. 겨울 방학 안내만 하면 되니까 일찍 끝날 거야. 그전에 내 속이야기 좀 들어 줘. 작년 가을에 이 학교 왔을 때, 복도에는 담배 연기가 자욱하고 학생들이 가래침 뱉고 욕하는 것 보면서 참 힘들었어. 계속 있을 자신이 없었어. 담임은 한번 해야겠고……. 그래서 우리 반 담임을 하게 된 거야. 처음에는 주먹 쓰는 친구가 몇 있어서 걱정했지.

(영덕 : 샘, 왜 날 봐요?)

담배 피우는 것은 걱정 안 해. 담배도 나쁜 거지만 다른 사람을 때리고 남의 것을 맘대로 가져다 쓰는 게 더 나쁘다고 생각하니까. 담배 피우는 게 자기 몸에 불을 붙이는 일이라면, 친구를 괴롭히는 것은 남한테 불을 던지는 거야. 해를 끼치는 일이지. 물론 아직 어린 너희가 담배도 안 피우면 좋겠지만. 그래도 '약한 친구를 힘들게 하지 않길 바란다'는 내 말을 따라 주려고 노력하는 너희들 모습이 좋았어. 크게 싸우거나 서로 상처 주는 일 없이 잘 지내 고맙다. 침도 덜 뱉게 되고, 욕도 조금은 덜 하는 것 같고 말이야. 담임 눈치 봐 가며 하는 정도는 되었잖아?

공부는 잘할 수도 있고 못할 수도 있는 거야. 사람마다 생긴 게 다 다른 것처럼, 잘하는 것도 다 다른 게 정상이지. 그런데 사람의 태도는 중요하다고 했지. 교실에서 침 뱉고 아무 데서나 욕하고 사람 많은 곳에서 보기 흉한 행동을 하는 건 품위가 없는 거야. 어른이 되어 침 뱉고 욕하고 거칠게 굴고 주먹 쓰고 그러면 그게 그 사람 살아온 거 다 보여 주는 거다. 그런 태도와 행동은 다른 사람에게 상처를 주는 것이고, 또 자기 자신을 마구 때리는 것과 같아. 자기 자신을 막 함부로 대하는 거야.

자기 자신을 존중해야 해. 그래야 여자 친구에게도 사랑받지. 다행히 이런저런 태도가 많이 나아져 기특하고 좋았어. 그렇지만 오토바이 사고가 많이 난 것은 좋지 않았어. 그래도 오토바이를 대부분 팔았으니 그것도 좋아졌다고 생각해.

(진규 : 샘, 태용이는 아직도 타요.)

우리 반에 기말고사 감독 들어온 선생님들이 너희가 문제를 꽤 열심히 푼다며 칭찬하셨어. 기특하고 고마웠어.

(그럼 내년에도 담임 해 줘요.)

성적표에는 1년 동안 여러분과 생활하면서 생각한 것을 적은 거니까 마음에 안 들거나 궁금한 것 있으면 물어보세요.

(규종 : 선생님, 다른 애들은 다 서너 줄 써 줬는데 왜 저는 두 줄 이에요? 제가 1번이어서 그래요?)

응, 맞아. 미안해. 처음에는 좀 급하기도 하고 그렇잖아. 미안.

(진호 : 선생님, 왜 지웅이는 잘생겼다고 써 주고 저는 안 써 줘요? 그리고 얘는 가수만 되고 싶어 하고, 저는 가수와 뮤지컬 배우 둘 다 되고 싶단 말이에요.)

나는 지웅이가 좀 더 잘생겼다고 생각하는데. 너는 남자답고. 그리고 둘 다 가수와 뮤지컬 배우가 꿈인 줄 알았어. 미안해.


아이들은 서로 성적표에 적힌 글을 바꿔 보았다. 정말로 다 다르게 써 주었는지 확인하고 싶은가 보다.

영덕이가 내일모레 동생이 중학교 졸업식을 해 학교에 못 온다고 말했다. 무사히 졸업을 할 수 있게 되었다니 참 좋은 일이다. 그런데 덧붙이는 말이 이랬다.

"밀가루 뿌리고 계란 던지고 교복 찢을 거예요."

나는 영덕이를 물끄러미 바라보았다.

"선생님, 그런 걸 해야 재미있는 거예요."

"그나저나 동생은 어느 고등학교에 가게 되었니?"

우리 학교에 원서를 넣었는데 떨어졌다고 한다. 내가 놀라서 다시 물었다.

"중학교 내신이 몇 퍼센트인데?"

"거의 100퍼센트요."

나는 걱정스러운데 영덕이는 태평해 보인다.

종업식이 끝나고 교직원 연수가 있었다. 교장 선생님은 학교가 지금과 같은 상태로 존재하는 것은 문제라며, 보다 나은 학교가 되기 위해 변화를 추진한다고 했다. 학교를 축소하는 방안, 몇 개 학과를 묶어 통폐합하고 특성화하는 방안, 학교 이름을 바꾸는 방안 등을 말씀하셨다.

우리 학교가 나아져야 하는 것은 맞다. 우수한 학생을 유치하면 가장 쉽게 해결된다는 것 또한 안다. 지역 사회에서 ☆공고의 이미지가 좋지 않아 우수한 학생이 오게 하기도 힘들겠지만, 우수한 학생만 입학할 경우 공부를 못하고 안 하는 아이들은 어디로 가야 할까. 그런 아이들이 대규모로 모여 있어 교육의 효율이 떨어지는 것도 맞다. 그렇다고는 해도 그런 아이들이 가슴 펴며 갈 수 있는 곳이 있기는 해야 한다. 그렇지 않으면 그 아이들은 또 소수가 되어 기가 눌려 살아야 한다. 이런 걱정을 하면서도 ☆공고를 떠나고 싶어 하니, 나의 생각에 구멍이 참 많다.

연수 끝에 연구부장이 퇴근 전까지 다음 년도 희망 업무와 담임, 비담임 희망 여부를 작성해서 내라고 했다. 나는 자리로 돌아와 책상 위의 종이를 물끄러미 바라봤다. 3학년 담임에 표시했다. 그리고 학과를 쓰는 난이 없는데도 '3학년' 밑에 괄호를 하고 '전자과'라고 썼다.

교감 선생님 책상 위에 서류를 두고, 교무실 한구석에 차를 마실 수 있는 곳으로 갔다. 탁자 위에는 반별로 배부하고 남은 교지가 있었다. 교지의 제목은 '北斗'. 지난 방학 때 편집 사무실을 오가며 다듬은 교지이다. 학생들이 들춰는 볼까 싶다.

　종업식을 마친 뒤라 교무실은 한산했다. 벽에 붙은 게시물을 보고, 창문으로 교문 옆의 커다란 나무를 보았다. 건물 4층 높이의 의젓하고 잘생긴 나무. 작년에 정문 지도를 하며 한숨이 나올 때마다 보던 나무. 이제는 한숨 쉬지 않고 바라보게 되었다. 1년 전 나와 지금의 나는 조금은 다른 사람인 것 같다.

# 5

## 공부는 어떻게 하는 거예요?

2010년도 1학기

올해는 전자과 3학년 2반 담임을 맡았다. 작년 우리 반 아이들 절반과 옆 반이었던 1반 아이들 절반이 섞여 우리 반이 되었다. 아이들은 내 말을 잘 따라 준다. 예를 들면, 이제 아이들은 바닥에 침을 뱉지 않는다. 자습 시간에는 조용히 학급 문고(만화로 구성된)를 읽고 음악을 듣는다. 내 수업에는 엎드리지 않으며 공부하려고 노력한다. 여전히 지각이며 결석이 잦고 흡연 문제도 있지만, 생활 태도가 작년보다 나아지고 있어 고맙다. 화공과처럼 밤새 술 먹고 학교 와서 잠자는 아이가 없다는 게 다행이기는 하다. 어쨌든 올해는 작년보다 또 재작년보다 덜 힘들다. 놀라는 마음이 덜하거나 거의 없어졌다. 적응한 것이다. 그래서 일기도 덜 쓰게 된다.

전자과 3학년 1반 담임 선생님은 올해 인문계 고등학교에서 온 오십 대 초반의 남자 선생님으로 전자 전공이다. 선생님은 반 아이들을 무척 힘겨워 하고 많이 우울해 보인다.

"이런 학교가 존재해야 하는지 의심스러워요."

2년 전의 나처럼 말씀하신다. 이전에도 전문계 고등학교에 근무했지만, 이런 수준의 학교는 처음이라고 한다. 선생님의 마음이 헤아려지기도 하고, 1반 아이들이 걱정되기도 하고 그렇다.

아이들과 면담을 했다. 절반은 작년 우리 반 아이들이라 어느 정도 가정 형편을 파악하고 있다. 용근이는 가장 길게 자기 이야기를 했다. 작년에 1반이었는데 수업 중에 늘 엎드려 있거나 학교에 잘 나오지 않았던 것으로 기억하고 있다. 작년에 아버지를 때려 재판을 받느라 학교에 못 나오고 안 나오고 그랬다고 했다. 묻지도 않았는데 꺼내기 쉽지 않은 이야기를 시작했다. 어렸을 때부터 아버지한테 많이 혼나고 맞았다고 했다. 작년 어느 날, 집에 늦게 들어와 아버지한테 또 혼이 났는데 화가 치밀어 아버지를 때렸다고 했다. 아버지가 신고해서 경찰서에 가고 재판까지 했다는 것이다. 그리고 초등학교 때 말을 안 듣는다고 아버지가 아파트 음식물 쓰레기통에 자신을 넣어 두었다고 했다. 아버지에 대한 분노를 욕을 쓰며 표현했다.

용근이는 우리 반 다른 아이들에 비해 가정 형편이 넉넉하다. 아버지가 버스 운전을 하신다. 어머니도 있고, 형도 있고, 형수도 있고, 조카도 둘이나 있다. 형과 형수는 이십 대 초반인데, 형은 사고를 많이 쳐서 중학교를 다니다 말았다. 그래서 더욱 자신은 꼭 고등학교를 졸업해야 한다고 했다. 긴 이야기였다. 용근이가 한참 동안 자기 이야기를 해 주었는데 시원해 보였다.

오늘 3교시가 끝나고 쉬는 시간에 용근이가 복도를 지나가는 옆 반 친구를 건드려 시비가 붙었다. 용근이가 친구의 얼굴을 때렸고, 그 친구는 피를 흘렸다. 복도에 뚝뚝 떨어진 피와 벌겋게 부은 피투성이 얼굴을 보았다.

나는 옆 반 아이를 보건실로 보내고 1반 담임 선생님에게도 알렸다. 병원으로 갔다는 이야기를 들은 뒤 용근이와 이야기를 했다. 용근이는 자기가 한 일에 대해 반성하지 않았고, 자기도 그 아이를 때려 손을 다쳤다며, 선생님은 왜 그 반 아이만 걱정하냐고 했다. 네가 이러저러하게 옆 반 아이에게 시비를 걸었고 때렸으니

네 잘못이 크다고 말해 주었다. 그랬더니 그건 아는데 자기도 다 쳤다면서 성질을 냈다. 자기도 주먹이 아프니 병원에 가야 한다는 것이다. 어머니에게 상황을 알리려고 전화를 했는데 통화가 되지 않았다.

"엄마는 전화 안 받아요. 나쁜 일로 학교에 많이 불려 다녔기 때문에 선생님이 아무리 전화해도 받지 않을 거예요. 학교에 오지도 않을 거예요."

용근이가 말했다.

용근이는 교실에서도 자기 이야기를 술술 하던 때와는 다른 사나운 모습으로 내게 대들었다. 그러다가 갑자기 교실에서 욕을 내지르고 문을 큰 소리로 닫고 나가 버렸다. 아이들이 말했다.

"선생님, 쟤 원래 저런 애예요."

"내버려 둬요."

"빨리 잘라 버려요."

"양아치 새끼."

용근이는 그렇게 나가 버렸다. 작년에 용근이와 같은 반이었던 아이들은 용근이가 잘릴 뻔하다가 겨우 진급했다고 했다. 학교생활을 어떻게 한 것일까. 용근이는 휴대폰도 사용하지 않아 통화를 할 수가 없는 친구이다. 어머니는 전화를 안 받으셨다. 문자 메시지를 보내도 답이 없었다. 집에 전화를 하니 형수가 용근이는 집에 없다고 한다. 전화기로 아기들의 울음소리가 들렸다.

**수능 기출 문제 풀기**

계발활동반으로 무엇을 할까 하다가 '국어 열공반'을 만들었다. 전자과 1, 2반 아이들 가운데 리환이, 윤수, 기태, 형룡이, 인국이, 영학이, 기영이, 2학년 상호, 이렇게 여덟 명이 모였다. 토요일 계발 활동 시간에 국어 공부를 하기로 했다. 우리는 수능 기출 문제를 풀기로 했다.

인국이와 영학이는 수능 시험을 보겠다고 한다. 인국이는 1학년 때, 영학이는 2학년 때 다른 학교에서 전학을 왔다. 전문계고 특별 전형을 생각하고 온 것이다. 그래서인지 다른 학생들보다 수업 태도도 좋고 진학에 대한 관심도 많다. 첫 시간 듣기 기출 문제를 풀 때는 괜찮았는데, 현대시 풀이를 할 때는 아이들이 어려워하고 집중을 하지 못했다.

기영이가 물었다.

"'지문을 읽고 물음에 답해 보자'에서 '지문'이 무슨 소리예요?"

지문으로 제시된 시 서너 편을 읽는 데도 시간이 오래 걸렸다. 시 문제의 '심상, 내포, 현상, 형상화, 내밀한 성찰' 같은 용어를 설명하는데, 대부분 이해도 안 되고 흥미도 없다는 멍한 표정이었다.

"선생님, 무슨 말인지 하나도 모르겠어요."

형룡이가 말했다. 리환이도 동의하는 웃음을 지었다.

사실 나도 문제 풀기가 어려웠다. 그래도 공부하는 계발 활동에 와 준 아이들이 고마웠다. 다 같이 사천장에 가서 짜장면을 먹었다. 수업을 다른 방식으로 바꿔야겠다.

얼마 전 우리 반 상훈이와 1반 규종이 사이에 문제가 생겼다. 상훈이의 시계를 옆 반 규종이가 빌려 갔다가 줄을 망가뜨린 채 돌려주었다고 한다. 그레 놓고 규종이는 사과도 하지 않았고 수리비도 주지 않았다. 상훈이가 문제를 해결해 달라고 했다. 수리비는 2만 원이라고 했다.

상훈이의 시계는 명품 브랜드이다. 상훈이는 주말마다 롯데백화점에서 주차 아르바이트를 하는데, 지난달 월급으로 40만 원짜리 시계를 샀다고 한다. 비싼 시계를 사는 건 적절하지 않다고 하고 싶었는데, 좀 지나친 간섭 같아 말하지 않았다. 그 시계가 좋은 거라 아무 데나 맡겨 수리할 수도 없다고 한다. 규종이가 시계를 빌린 것은 여자 친구를 만나러 가는 데 필요해서였다고 한다. 여자 친구를 만나는데 남의 시계는 왜 빌리느냐고 물어보려고 했는데, 왜 그랬는지 짐작이 되었다.

그 사건이 벌어진 지 20일이 되었고, 그동안 규종이는 계속 상훈이의 말을 무시하고 돈을 주지 않았다. 게다가 툭툭 치며 윽박지르기까지 했다. 지난 금요일 규종이를 불렀다. 작년에 우리 반이었던 터라 어느 정도는 내 말을 들을 것이라고 생각했다.

친구가 원하지 않는데 네가 반강제적으로 시계를 빌린 게 첫 번째 잘못이고, 시계를 망가뜨렸으면서 사과하지 않은 게 두 번째 잘못이고, 네가 준 피해에 대해 책임지지 않은 게 세 번째 잘못이라고 말했다.

그러자 규종이가 화를 내며 말했다.

"정말 돈이 한 푼도 없고요, 부모님도 돈이 없고 돈을 구할 데도 없어요. 돈이 없는데 그럼 어쩌란 말이에요? 언젠가 돈이 생기면 줄 거예요."

규종이는 씩씩거리며 나에게 일렀다고 상훈이 욕을 하면서 가 버렸다.

종례 후 상훈이를 불러 말했다.

"내가 불러 말은 해 보았는데, 어떨지 모르겠다. 하루 이틀 더 있어 보자."

상훈이는 안절부절못했다. 이런 식으로 규종이가 계속 미루기만 하고 사과도 안 하니 정말 기분이 나쁘다는 그 마음을 이해할 수 있었다.

그 말을 옆에 있던 영덕이가 들었다. 사건을 다 알고 있는 모양이었다. 규종이는 영덕이의 중학교 때부터 친구이기도 하다.

"샘, 걔가 배운 게 없어서 그래요. 그러니까 샘이 이해해요."

그 말을 들으니 웃음이 나왔다.

"배운 게 없어서 그런다고?"

"네, 걔가 그래서 나오는 말도 험하고 사건이 많아요."

"그렇구나."

"네가 규종이에게 잘 이야기 좀 해 봐라. 이렇게 행동하면 안 되지. 같은 과 친구들끼리 늘 얼굴 보며 지내는데 이런 식으로 마음 상하게 하면 규종이도 불편하잖아."

"걔는 안 불편해요. 그리고 제 말 안 들어요. 헤헤."

"네 친구잖아. 네가 말하면 다시 생각은 해 볼 것 같은데."

"상훈아, 그냥 제껴. 못 받을 거야."

오늘 규종이는 만 원밖에 없다며 상훈이에게 이것으로 셈을 끝내자고 했다고 한다. 상훈이는 만 원이라도 받은 것에 만족한 듯하다.

윤수는 키가 180센티미터 정도이고 얼굴이 하얗고 말이 없다. 묻는 말에 '네, 아니오'로만 대답한다. 작년에 1반이었는데 수업 시간에 차분하게 앉아 있고 주어진 과제를 잘해서 고마웠던 친구이다. 내가 1학기 부회장으로 적극 추천해서 부회장을 맡게 되었다. 이야기를 나누다 외아들인 걸 알았다. 부모님이 늦게까지 일을 하다 보니 집에 가면 이야기를 나눌 사람이 없다고 한다.

4월 어느 날 윤수가 물었다.

"선생님, 공부는 어떻게 하는 거예요?"

윤수는 대학 진학에 관심을 가지고 있었다. 부모님도 대학에 보내 주겠다고 했다며 자기도 가 보고 싶다고 했다. 내신 성적이 좋은 편이라 서울 시내 전문 대학에 진학할 수 있을 듯하다.

나는 윤수와 같이 글 읽기를 하기로 했다. 줄글을 잘 못 읽겠다고 해서, 쉽고 짧은 소설을 모아 놓은 중학생용 책을 읽고 요약하는 연습을 했다. 집에서 한 편씩 읽고 공책에 요약을 해 오는 것이다. 점심을 먹고 내 자리로 오면 읽어 보고 조금씩 고쳐 주었다.

윤수는 공부를 해 본 적이 없다고 한다. 초등학교 때도 공부가 어려워 안 했다고 한다.

"어떻게 하면 공부를 잘하게 되나요? 저도 대학에 갈 수 있나요? 좋은 대학에 가려면 어떻게 해야 하나요? 대학 나와도 취직이 안 된다고 하는데 대학을 꼭 가야 하나요?"

윤수는 키만 크지 말하는 것은 아이 같다.

윤수는 단편소설을 모아 놓은 책 한 권을 읽으며 요약하기를 연습했다. 오늘은 헤르만 헤세의 단편소설 〈나비〉를 읽고 자신의 생각을 써 오기로 한 날이었다. 그런데 요약만 하고 자기 생각은 써 오지 않았다.

　"선생님, 저는 글을 읽어도 아무 생각이 안 나요. 꼭 자기 생각이 있어야 하는 거예요? 그냥 요약만 하면 안 될까요?"

　"무엇보다 글을 정확하게 잘 읽는 게 우선이지. 요약하기는 잘하고 있으니까, 이제는 글을 읽고 자신의 생각을 정리해 보는 연습을 해야지. 예를 들면 〈나비〉에 나오는 인물의 성격은 어떤지, 왜 친구의 나비를 훔쳤는지를 생각해 보는 거지."

　"저는 아무 생각도 안 나요. 애들은 그런가 보다 하는 거지요. 도대체 무슨 이야기를 하는 건지 모르겠어요. 꼭 이런 것을 읽어야 해요? 그래야 공부도 잘해요?"

　"아니, 그런 것은 아니야. 공부를 꼭 잘해야 할 필요도 없지 뭐."

　"그럼, 공부 못해도 사는 데 지장 없어요?"

　"야, 그렇게 어려운 것을 물어보면 내가 어떻게 답하냐."

　이렇게 윤수는 조금씩 웃기도 하고 말도 많아지고 있다.

☆공고의 특징 중 하나가 '우왕좌왕'이다. 어쩌다 운동장 조회를 할 때도, 외부 체험 학습을 나갈 때도 학생들이 참으로 무질서하다. 줄을 바로 세우거나 잡담을 하지 않고 조용히 서 있도록 하는 것이 힘들다. 체육 대회 날도 마찬가지였다.

반별로 운동장 가장자리에 앉아 체육 대회를 보았다. 학교에 늦게 오거나 안 오는 아이가 많았다. 아이들은 교복, 체육복, 자유복을 제 마음대로 입었다. 학생들이 직접 참여하는 프로그램은 적고 대표 학생들이 하는 경기를 관람하는 것이 많았다. 앉아 있는 아이들이 재미없다며 자리를 자주 이탈했다. 담임 교사가 아이들과 함께 앉아 있는 반도 많지 않았다. 그냥 아이들을 운동장에 놔두는 것 같았다. 나는 여진이 옆에 앉아 아이들 사진도 찍고 수업 안 하는 하루를 즐겨 보려고 했다.

체육 대회 중간에, 우리 반 자리 맨 앞에 앉은 지웅이 앞으로 축구공이 굴러 왔다. 지웅이가 그 공을 무심코 찼는데 운동장 한쪽에 있던 영상과의 송 선생님 얼굴 쪽으로 공이 날아갔고 선생님이 공에 맞고 말았다. 나는 뒤쪽에 있어 그 장면을 직접 보지 못했다. 송 선생님은 우리 반 쪽으로 와서 누가 공을 찼느냐고 맨 앞줄의 아이들에게 물었다.

"공 찬 애는 저쪽으로 갔어요."

지웅이가 대답했다.

"걔 오면 나한테 보내."

송 선생님은 그렇게 말하고 자리로 돌아갔다. 나는 대수롭지 않게 생각하고 우리 반 아이들과 함께 앉아 있었다.

얼마 뒤, 송 선생님이 와서 지웅이의 따귀를 때렸다.

"너, 왜 거짓말하니?"

송 선생님은 다시 한 번 더 지웅이의 따귀를 때렸다.

"그런 식으로 거짓말하며 살지 마라."

나는 앞으로 나가 무슨 일인지 물었다. 따귀를 때리고 맞는 장면을 눈앞에서 처음 보게 되어 놀랐다. 선생님이 가고 난 뒤, 지웅이는 얼굴이 벌개져서 말을 하지 못했고, 주변의 아이들 몇몇은 경찰에 신고하라고 했다. 1학년 때도 담임 선생님이 반 아이들을 때려 신고를 했더니 경찰이 왔었다면서 빨리 전화를 하라고 했다. 나는 지웅이에게 잠시만 기다리라고 했다.

나는 송 선생님에게 갔다.

"우리 반 아이가 선생님이 맞으신 줄 모르고 거짓말을 했대요. 잘못했다고 해요. 그런데 따귀는 좀……."

"모르긴 뭘 몰라. 거짓말하는 거지. 걔가 처음부터 잘못했다고 했으면 때리지도 않았어요. 거짓말을 하니까 때렸지."

"제가 학생을 보내 선생님께 정식으로 사과드리라고 할게요. 선생님도 이야기를 좋게 해 주시면 좋겠어요."

"아, 좀 있다가 해요."

나는 가지 않고 송 선생님 옆에 계속 서 있었다.

"알았어요. 지금 보내요."

송 선생님이 말했다.

나는 지웅이를 테니스장 옆 수돗가로 불러 이야기를 했다.

"네가 잘못한 것은 부주의하게 공을 찼던 것과 거짓말을 한 거야. 선생님께 가서 두 가지에 대해 공손하게 사과드려. 그러면 선생님도 네게 말씀을 해 주실 거야."

지웅이는 내 말을 듣고 송 선생님에게 다녀왔고, 그 일은 그렇게 마무리되었다. 나는 돌아온 지웅이에게 말했다.

"경찰에 신고하지 않은 건 참 잘한 일이야. 억울하고 화도 나겠지만 그냥 참는 게 좋아."

지웅이는 이제 괜찮다고 했다.

점심시간에 송 선생님 옆자리에 앉게 되었다. 송 선생님이 내게 말했다.

"아까 놀랐지? 내가 전에 인문계에 있을 때는 진짜 많이 때렸어. 오랜만에 때렸더니 내 손도 얼얼하네."

"네."

나는 짧게 대답하고 조용히 밥만 먹었다.

여기 있는 동안 내가 꼭 잘하고 싶은 일은 우리 반 아이들에게 최대한 학비 부담을 덜어 주는 것이다. 최대한 많은 아이들이 장학금을 받을 수 있게 해 주는 것이다.

우리 반 스물여덟 명 중 기초 수급자와 한 부모 가정이 아홉 명이고, 차상위 계층이 여섯 명이다. 그러니까 열다섯 명은 수업료와 운영비가 면제되는 조건이다. 나머지 열세 명도 모두 학비 부담을 덜 수 있게 장학금 관련 공문을 받을 때마다 열심히 추천했다.

어찌어찌하다 보니 전문계 고등학교 장학금까지 합해 모두 다 학비 부담을 덜게 되었다. 스물여덟 명 중 스물여섯 명이 올해 학비를 내지 않아도 되었다. 딱 두 명만 반액 장학금을 받게 되었는데, 그 둘은 부모님이 있고 자기 집도 있고 우리 반에서 가정 형편이 가장 나은 아이들이다.

어제 교육복지부 부장님이 이런 말씀을 해 주었다.

"선생님 반 아이들은 올해 모두 다 장학금을 받게 되었네요. 애쓰셨어요."

급식비 감면 신청도 열심히 해서 일곱 명 빼고 모두 감면을 받았다. 이렇게라도 도울 수 있어 다행이다.

**전자기기기능사 자격증 시험**

전문계 고등학교 아이들은 재학 중에 필기시험이 면제되어 실기만으로 전자기기기능사 자격을 딸 수 있다고 한다. 전자과 아이들은 1학기 전공 시간에 내내 그 시험을 준비했다. 3학년 수업은 일주일에 국어 두 시간, 수학 두 시간, 영어 두 시간을 제외하면 모두 전공 수업이다. 전공 수업은 주로 실습 교실에서 이루어진다. 기능사 시험은 전자 회로도를 그리고 납땜을 해서 회로가 작동되도록 하는 것이라고 한다. 기우, 태주, 형욱이처럼 실습을 좋아하는 아이들은 재미있어 하고 영덕이나 영진이, 세원이 같은 아이들은 전혀 흥미를 보이지 않는 듯했다. 여진이는 회로도를 못 그리고 납땜도 못한다고 해서 시험을 치르지 않기로 했다.

오늘 시험이 있었다. 타 학교에서 시험 감독을 나온 선생님들이 영덕이가 시험 중에 무례하게 해서 기분이 상해 돌아가셨다고 한다. 영덕이가 다른 선생님들과 종종 충돌하고 반항하는 걸 알기 때문에 어떤 상황이었는지 짐작할 수 있다. 얼마 전에도 1반 선생님께 거칠게 반항해서 그 선생님이 내게 문제 제기를 했다. 수업 태도가 좋지 않아 지적했는데 영덕이가 불손하게 한 모양이다. 내가 타이르겠다고 하고 수습을 했지만 영덕이가 불끈불끈하는 면이 있어 그 선생님과의 충돌이 염려된다.

나름대로 열심히 준비한 상훈이는 회로가 작동하지 않아 틀림없이 떨어질 거라며 울상이었다. 병혁이는 지각하는 바람에 시험을 보지도 못했다. 그래도 별로 기분 상해 하지 않았다.

**학교에 왜 다니는가?**

올해 3학년은 《독서》교과서를 사용하지 않고 학습지로 진도를
나간다. 3학년 학습지는 내가 만들기 때문에 글도 내가 자유롭게
선택한다. 좋은 글을 읽는 것에 중점을 두고 있다. 독서 이론 같은
것은 다루지 않으려고 한다.

이번 기말고사 텍스트 중 하나로 알퐁스 도데의 〈마지막 수업〉
을 넣었다. 그리고 학습지 문제 중에 이런 것을 넣었다.

'나에게 학교는 어떤 의미가 있나?'

그 질문에 한 명씩 돌아가며 말하도록 했다.

"취직 준비하려고요."

"대학에 진학하려고요."

"급식 먹으러 와요."

"친구 만나러 와요."

"놀러 와요."

"그냥 나와요."

"담배 피우러 와요."

"예의를 배우러 와요."

"사회생활을 준비해요."

생각보다 많은 이야기가 나왔다.

여진이 차례가 되었다.

"여진이는 왜 학교에 오니?"

여진이는 우물거렸다. 잘 알아들을 수가 없었다. 자리로 가서

학습지를 보니, 답란에 '희망'이라고 써 놓았다.

"희망이 있어서요."

여진이 말을 이제야 알아들을 수 있었다. 여진이는 내 생각보다 더 큰 것을 품고 있는지도 모른다. 그런데 나는 그냥 작년에도 올해도 담임을 할 뿐 구체적인 도움을 주지 못하고 있다.

지난 수업에서는 오에 겐자부로의 산문에서 발췌한 〈어떤 사람이 되고 싶었던가〉를 읽었다. 오에 겐자부로가 다니던 초등학교에는 말없이 일만 하는 반백 스포츠머리의 사환 아저씨가 있었다고 한다. 어느 날 학교 운동장에 들개가 나타나 놀고 있던 여자아이들이 잔뜩 겁에 질렸다. 모두들 어찌할 줄 모르고 있을 때, 사환 아저씨가 들개를 쫓아내 여자아이들을 지켜 주었다. 초등학생이던 겐자부로는 어른이 되면 그 사환 아저씨와 같은 사람이 되고 싶다는 글을 썼다. 글에 나오는 사환 아저씨의 성격이 어떠하냐고 물었더니 "용감하다, 무뚝뚝하다, 남자답다, 의젓하다"라는 답이 나왔다.

아이들이 '의젓하다'라는 말을 사용하는 게 기뻤다. 교원 평가 수업 공개 때문에 수업을 보러 온 정 선생님도 학생들이 '의젓하다'라는 말을 쓰는 것을 듣고 놀랐다고 했다. 이 정도의 단어 사용도 ☆공고에서는 놀라운 일이다. 앞으로도 아이들이 좋은 단어를 많이 알게 되고 쓰게 되면 좋겠다.

학생 회장 선거가 있었다. 2학년 영상과의 신상호가 당선되었다. 상호는 내게 문자 메시지로 고맙다는 인사를 했다.

2주 전 교직원 회의 시간에 특별활동 부장이 학생 회장 후보를 찾고 있다며, 좋은 학생이 있으면 추천해 달라고 했다. 지금의 학생 회장도 작년의 학생 회장도 내가 보기에 '학생다움'과는 거리가 있는 아이들이었고, 내 부서 일도 아니라 관심을 두지 않았는데 갑자기 상호가 떠올랐다.

상호는 작년에 내가 수업에 들어갔던 영상과 학생으로, 이제 2학년이 되었다. 작년에 수업 준비물도 들어다 주고, 수업이 끝나면 따라 나와 이것저것 묻기도 했던, ☆공고에서는 보기 드물게 태도가 바른 학생이었다. 올해는 내가 1학년과 3학년 수업만 들어가다 보니 수업을 듣지 못하게 됐다며 상호는 아쉬워했다. 그리고 내년에 3학년이 되면 꼭 국어를 가르쳐 달라고 했다. 올해는 계발 활동으로 내가 맡고 있는 '국어 열공반'을 함께한다. 상호를 제하면 모두 3학년인데 그래도 꿋꿋하게 잘 한다. 그런 상호가 기특하고 고맙다.

언젠가 상호에게 중학교 성적이 어떠했냐고 물으니, 80% 후반대였다고 한다. ☆공고에서 그 정도 성적이면 최상위 수준이다. 상호가 가끔 해 주는 이야기를 들어 보면, 중산층 가정이었던 것 같은데 몇 해 전에 어떤 일을 겪어 경제적으로 어려워진 듯하다. 그래도 부모님을 생각하는 마음이나 졸업 후에 어떻게 하면 후회

없는 선택을 할지 고민하는 모습이 대견하다.

그런 상호에게 학생 회장에 한번 나가 보라고 권했다.

"제가 할 수 있을까요?"

그렇게 말하면서도 상호는 의욕을 보였다. 그리고 학과 선생님에게 여쭈어 보더니 나가겠다고 했다. 상호는 연설문을 써 와서 보여 주기도 하고, 3학년 선배들에게 자신에 대해 홍보해 달라고 부탁하기도 했다. 인문계에서 전학 온 건설정보과 학생과 상호가 경쟁을 했는데, 상호가 당선되었다.

이번 학생 회장은 가방을 잘 들고 다니고 말도 바르게 하고 귀걸이도 하지 않는 학생이 되어서 좋다.

# 6

## 학교 밖 세상으로

2010년도 2학기

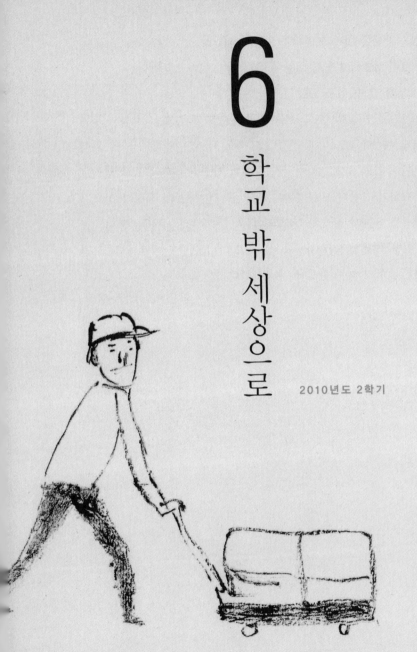

3학년 2학기에는 취업을 희망하는 학생들이 인턴이 되어 일을 할 수 있는 기회가 생긴다. 방학 중에 '선이수'라고 하여 2학기 국어, 영어, 수학을 미리 공부한 아이들은 9월부터 취업을 나갈 수 있게 되었다. 우리 반에서는 네 명의 아이가 이수를 했다. 기우와 태주 는 작년에도 내가 맡은 반 아이들이었다. 둘 다 무척 성실하고, 빨 리 취업을 나가고 싶어 했다.

정 선생님의 반 아이들인 화공과 학생 두 명과 함께 8월 마지 막 주부터 안성에 있는 청정 용품 생산 업체에 취직이 되었다. 졸 업 전까지는 학생 신분이기에 실습 사원으로 채용이 되는 것이다. 회사, 학생, 학교가 함께 쓰는 표준 계약서를 작성하고, 서약서도 받고, 몇 가지 서류를 준비해 교장 선생님 결재를 받은 뒤 취업을 나가게 되었다.

하는 일은 반도체 회사에서처럼 하얀 옷을 입고 컬러 잉크 같 은 것을 비닐에 넣는 것이라고 한다. 기숙사비와 식사비는 제하지 않으며, 급여는 월 120만 원. 잔업을 하면 150만~160만 원. 무엇 보다 작업 환경이 깨끗하고 안전하며 기숙사도 쾌적하다고 한다.

처음 취업을 내보낸 것이라 일은 잘 하는지, 사람들과 잘 지내 는지, 식사는 어떤지, 잠자리는 어떤지 궁금하기도 하고 걱정도 되었다. 둘 다 대학 진학을 희망하지만 일찍부터 일을 하면서 대 학 등록금을 벌겠다고 한다. 기우는 곧 폴리텍(기능 대학)에 원서 를 낼 것이고, 태주는 대학에 갈지 계속 일을 할지 고민 중이라고 한다.

'선생님, 오늘은 잔업을 해서 피곤해요.'

'이층 침대가 들어와서 좋아요.'

자주 문자를 주고받았다.

이제 막 사회생활을 시작하여 분명히 힘들 텐데 그런 내색을 하지 않았다. 우선은 대학 등록금을 마련하는 게 목표이고, 대학에 붙은 뒤에는 입학만 하고 바로 군대에 가겠다고 한다. 그래서 군대 마치고 돌아와 열심히 공부하고 더 좋은 직장도 찾을 거라고 한다. 기우와 태주의 경우를 보면서, 다른 아이들도 조금씩 취업에 관심을 보이고 있지만 적극적이지는 않다. 이런저런 인턴 채용 공고를 안내하고 추천도 해 주고 있다.

진학과 취업에 대한 면담을 수시로 한다. 아이들도 진로에 대해
생각해 보고 나름 준비를 하고 있다. 먼저 수시 1차 원서를 쓰고
있다. 성적이 좋은 아이들은 동양미래대학이나 명지전문대학에,
그보다 조금 낮은 아이들은 인덕대학이나 서일대학, 신흥대학 등
에, 성실한 아이들은 폴리텍에 지원하기로 했다. 나는 고3 대학
진학 지도가 처음인지라 작년 전자과 3학년 선생님에게 진학 자
료를 받아 진학을 희망하는 아이들과 면담을 했다. 아이들의 자
발성도 높이고 자신의 선택에 후회가 없도록 각자가 희망하는 대
학에 가서 정보를 얻어 오기로 했다. 요즘은 대학에서 진학 상담
실을 운영하기 때문에, 방문을 하면 합격 가능한 내신 성적이나
졸업 후 진로에 대해 잘 설명해 준다.

우리 반에서 성적이 가장 좋은 대웅이가 어제 4년제 대학 두
곳을 다녀오더니, 4년제 대학에는 지원하지 않겠다고 했다. 모든
과목의 내신 성적이 1, 2등급인 대웅이는 전문계 고등학교 특별
전형으로 4년제 대학에 지원하면 합격할 수 있을지도 모르는데
말이다. 왜 그러냐고 물었더니, 설명을 듣고 나니까 대학에 합격해
도 수업을 잘 들을 자신이 없고 중도에 그만두게 될 것 같다고 했
다. 그리고 가정 형편이 어려워 4년간 등록금을 내는 게 힘들다고
했다. 대웅이가 롯데리아에서 아르바이트를 해 생활비를 보탠다
는 것을 알기에 그 마음이 이해되었다. 나는 대웅이의 생각을 지
지해 주었다. 만약에 전문 대학을 졸업한 후에 공부를 계속하고

싶거든 그때 4년제 대학으로 옮겨 더 할 수도 있을 거라고 말해 주었다.

대웅이는 공부를 더 하고 싶지는 않고, 전문 대학 졸업 후 삼성 전자에 입사하고 싶다고 했다. 요즘은 롯데리아의 매니저도 좋아 보인단다. 그 일을 하려면 전문 대학 이상은 졸업해야 하기 때문에 전문 대학은 꼭 나와야 한다는 것이다. 그리고 형이 지방에 있는 4년제 대학에 갔는데 등록금 내기도 힘들고 결국 다니고 싶어 하지 않았다면서, 지금 형은 군 복무를 마치고 직업 군인이 되려고 군에 남아 있다고 했다.

"4년제 대학 안 가도 괜찮아요."

대웅이는 오히려 나를 안심시켰다.

"대웅아, 너 참 똑똑하구나."

윤수, 대웅이, 기태, 상훈이, 지웅이, 진호와 함께 대학 원서를 썼다. 인터넷으로 진학 사이트에 접속하여 회원 가입을 하고 대학을 찾아 원서를 쓰면 된다. 전문계 고등학교 특별 전형이나 기회 균형 전형(기초 수급자, 차상위 계층에 해당), 자격증 전형 등 아이들에게 가장 유리한 전형을 골라 지원했다. 아이들과 함께 원서를 쓰면서 나도 여러 가지를 배운다.

지난주에 전자과 1학년 1반 아이 세 명이 나를 찾아왔다. 자기 반 시훈이 때문에 괴롭다는 것이다. 그 아이가 1학기 때부터 빵 심부름을 시키고, 협박을 하고, 툭툭 치며 때린다는 것이다. 시훈이는 그 반에서 가장 독서 감상문을 잘 쓰는 아이라 놀라지 않을 수 없었다.

"걔가 선생님 앞에서는 그렇게 잘하는 척하지만 실제로는 엄청 나쁜 놈이에요."

내가 수업 중에 "다른 사람을 괴롭히면 절대 안 된다, 빵 심부름을 시키면 학교를 못 다닐 수도 있다"는 말을 해서 나에게 온 모양이다. 그리고 내가 전자과 3학년 담임이니까 되게 무서울 거라고 생각했나 보다.

그래서 도서실 수업 때 조사를 했다. 그날 마침 기능반을 하고 있는 시훈이와 몇몇 아이들이 학교 밖에서 열리는 직업 박람회에 갔다. 나는 빈 종이와 펜을 나누어 준 뒤, 이름은 쓰지 말고 반에서 빵 심부름을 당했거나 당하는 것을 본 적이 있으면 쓰라고 했다. 또 그밖에 자기가 겪고 있는 어려움이나 친구가 곤란한 일을 겪는 걸 본 적이 있으면 쓰라고 했다. 쓸 내용이 없는 사람은 애국가를 쓰라고 했다. 아이들이 쓴 것을 읽어 보니 시훈이, 유석이, 성훈이가 괴롭히는 학생으로 거론되고 있었다. 그 아이들은 빵 심부름을 많이 시켰고, 때로는 돈을 뜯거나 실습 준비물을 가져오라며 때린 일도 있었다. 특히 시훈이가 심각했다.

담임 선생님에게 사실을 알렸더니, 상황을 다 알고 계셨다. 나름대로 면담도 하고 부모님에게 알리기도 했는데 잘 안 된다고 했다. 학생부로 넘어가면 폭력은 전학 명령과 같은 큰 벌을 받게 되는 터라 담임으로서는 고민이 되는 모양이다.

그런 일도 있고 해서 수업 시간에 '빵셔틀은 왜 나쁜가'라는 주제로 토론을 했다. 시훈이는 이미 내가 수업 시간에 조사를 했고 그래서 상황을 다 알고 있다는 것을 알고 있었다. 나는 조금 장난스럽게 진행을 했다. 당한 아이들이 많은 터라 이런저런 이야기를 했다. 처음에는 아이들이 서로 눈치를 보며 조심하더니 나중에는 편하게 말을 했다.

상대가 원하지 않는 일을 시키기 때문에 나쁘다는 의견이 많았다. 상대가 원하지 않는 일을 시키는 것은 왜 나쁜가, 상대방의 의사를 존중하지 않는 것은 왜 좋지 않은가. 우리는 함께 따져 보았다. 상대의 입장을 전혀 생각하지 않는 것은 상대를 무시하는 것이라 나쁘다고도 했다. 그것은 또 왜 나쁜가 하면, 학교는 혼자 생활하는 곳이 아니고 사회생활과 마찬가지로 다른 사람과 어울려 있는 곳이기 때문에 제 마음대로 제 방식대로 행동해서는 안 된다는 것이다. 아이들은 이야기를 꽤 잘했다.

유석이는 장난으로 시훈이를 한두 번 따라 했다고 했다. 성훈이는 결석이었다. 시훈이는 분위기가 심상치 않으니까 잘못했다고 하면서 사과를 했다. 여민이는 시훈이가 괴롭혀 2주간 학교를 나오지 않았다고까지 했다. 나는 시훈이에게 이런 일로 친구들 입에 오르는 것은 너에게 대단한 불명예라고 했다. 이렇게 공개적으로 이야기를 하고 시훈이가 친구들 앞에서 사과를 했으니 학생부

에 가지 않아도 될 것이며 이제부터는 다 같이 평화롭게 지내야
한다고 했다.

당분간 국어 시간마다 평화롭게 지내고 있는지 점검하겠다고
했다. 시훈이는 그렇게까지 위험하고 나쁜 아이는 아니었기 때문
에 공개적으로 이야기를 하는 게 가능했다. 1학년은 3학년보다는
이리고 또 귀엽기도 하다.

**겪은 게 많아서 그래요**

시화전 준비로 시를 쓰고 시화를 만들었다. ☆공고에서 가을마다 시 쓰기 수업을 하고 있는데, 우리 학교 아이들의 시는 시 속에 고민과 갈등이 담겨 있고 표현이 솔직하다. 현실을 똑바로 보며 살아야 하니 아픔도 있고, 자신의 처지에 대한 냉소와 블랙 유머도 있다. ☆공고에 대한 묘사도 그럴듯하다. 3학년 전자과 1반 수업을 하다가 이런 말을 했다.

"우리 학교 아이들은 시를 참 잘 써요. 진실하게 쓰지."

그러자 상인이가 이렇게 말했다.

"우리가 고생을 많이 했잖아요. 겪은 게 많아서 그래요."

"그래, 맞아. 겪은 게 있어야 글이 써지는 건 맞는 말 같다."

상인이는 자기가 공부는 안 해도 알 것 다 안다고 했다. 상인이는 밤에 명동의 좌판에서 가짜 명품 지갑을 판다. 사장님이 따로 있고, 상인이는 저녁부터 밤까지 일한다. 졸업 후에도 그 일을 할 거란다. 그래서 돈을 모아 가게를 내고 싶다고 한다.

"선생님, 명동 대로에서 쭉 내려오다 보면 아리따움이라는 화장품 가게가 있어요. 그 앞에 제가 있으니까 거기로 놀러 오세요. 제가 싸게 드릴게요."

"추워지는데 옷 따뜻하게 입어라."

저는 10월 ☆일부터 ☆일까지 전자과 3학년 2반의 출석부를 임의로 고쳤습니다. 적절하게 처벌하여 주십시오.

시말서를 냈다. 병혁이, 용근이, 세원이, 진영이, 영덕이의 무단결석을 병결석으로 고치고, 무단지각을 병지각으로 고치고, 때로는 체험 학습으로 바꾸기도 했다. 3학년 2학기, 졸업이 얼마 남지 않았는데 중도 탈락시킬 수는 없어서였다. 옆자리 정 선생님 반은 나보다 상황이 훨씬 더 심각하다.

제대로 출결 처리를 해서 출석 일수가 미달되면 퇴학 처리하는 게 맞는지, 이렇게 위조를 해 가며 졸업을 시키는 게 맞는지 모르겠다. 실은 내가 위조를 한 것은 수업이 제대로 이루어지지 않는 상황을 부정하는 것이기도 하다. 1학기 말 전공 자격 시험이 끝난 뒤로는 대부분의 전공 수업이 제대로 이루어지지 않기 때문에 하루 종일 실습 수업인 날에는 아이들이 더 나오지 않으려고 한다. 학교에 나와 아무것도 안 하고 멍하니 있거나 잠만 자고 가는 것이다. 나는 그래도 학교에 나오라고 했는데, 미안하고 찜찜하다.

그래서 그냥 시말서를 썼다. 교무부장은 왜 '나에게' 이런 것을 내냐고 했다. '왜' 이런 것을 내냐고 묻는다면, 3학년 수업의 문제에 대해 이야기하고 싶었는데……. 앞으로 이런 것은 내지 말라고 했다. 그렇다면 나는 계속 위조를 해도 된다는 것인가? 나는 시말서로 내 책임의 일부를 그들에게 떠넘기려 한다.

폴리텍 대학은 노동부 산하 대학으로, 기능 훈련을 중심으로 하는 대학이다. 믿을 만한 전공 선생님에게 물어보니 우리 학교 아이들이 폴리텍 대학에 가는 건 바람직한 일이라고 했다. 한 학기 등록금이 110만 원 정도로 학비 부담이 적은 게 큰 장점이다. 그리고 다른 대학과는 달리 고등학생처럼 수업이 많아 자격증도 많이 딸 수 있고 취업률도 높다고 한다. 다른 전문 대학과는 달리 입시에 면접 점수가 들어가는 게 특징이다. 그래서 우리 반과 전자 1반 아이들 가운데 폴리텍을 지원한 아이들과 방과 후에 면접을 준비했다.

우리 반의 성규, 영호, 형욱이, 대호와 전자 1반의 윤일이, 동운이가 지원을 했다. 모두 작년부터 가르치고 있는 아이들이라 내 말을 잘 따라 주었다. 폴리텍 면접에서는 주로 자기소개와 이 대학에 왜 지원했는지를 묻는다고 한다.

일단 자기소개서에 가정, 성격, 좋아하는 일, 앞으로의 꿈, 지원 동기 등을 넣어 써 보라고 했다. 예로 평범하게 쓴 샘플을 보여 주었다. 그 소개서는 "저는 평범한 가정에서 태어난 1남 1녀 중 장남입니다."로 시작한다.

우리 반 성규, 영호, 형욱이는 모두 어머니가 안 계신다. 지난봄 성규 아버지가 지팡이를 짚고 학교로 오셨다. 아버지는 산업 재해로 몸 반쪽이 불편해졌고, 몇 해 전 성규 어머니마저 집을 나갔다고 했다. 성규는 눈동자가 까맣고 반짝이는 아이다. 조금 수줍어

하면서도 잘 웃고 수업도 잘 듣는다. 아버지는 성규 형도 ☆공고를 나왔는데 집에서 놀고 있다며, 성규는 취업이든 진학이든 꼭 진로가 정해지면 좋겠다고 했다.

영호, 형욱이는 작년부터 우리 반이라 형편을 잘 알고 있다. 아버지 혼자 자녀를 키우는 한 부모 가정이다. 그래서인가 영호는 '평범한 가정에서'로 시작하는 자기소개서를 쓰지 않았다. 집에서 하겠다며 다른 아이들의 것을 듣기만 했다. 다른 아이가 소개를 하면, "너희 집이 평범하냐?"라고 물어 그 아이를 난처하게 만들기도 했다.

동운이는 "아버지는 동사무소에서 일하시고, 어머니는 마트에서 일하십니다. 제 취미는 축구이고, 프라 모델 만들기를 좋아합니다."라고 하면서 자신 있게 자기소개를 했다. 윤일이는 말을 더 듣고 자세가 불안정했다.

나는 면접관께 인사를 잘 하고, 목소리를 크게 하고, 몸을 흔들지 말고, 눈을 내리깔지 말아야 한다고 아이들에게 여러 차례 당부했다. 2주 정도 연습을 하니 그래도 꽤 자연스럽게 말을 할 수 있게 되었다.

동운이가 가장 먼저 성남에 있는 폴리텍에 면접을 보러 갔다. 잘했냐고 물으니, 자기소개는 잘했는데 영어 질문에는 대답을 잘 못했다고 한다. 한 면접관이 "How old are you?"라고 물었다는 것이다. 당황해서 답을 못했다고 걱정했다. 서울의 폴리텍 정수 캠퍼스 면접을 앞둔 아이들은 영어나 수학을 물어보면 큰일이라며 걱정했다. 면접관에 따라 가끔 영어나 수학을 묻기도 한다는 것이다. 나는 일단 자기소개와 지원 동기를 씩씩하고 자신 있게 하는데 마음을 쓰라고 했다.

　그리고 드디어 발표가 났다. 우리 반 영호와 1반의 윤일이는 서울의 정수 폴리텍에 합격했고, 동운이는 성남 폴리텍에 합격했다. 성규가 합격을 못해 많이 아쉽다.

요즘 1학년 아이들에게 가장 인기 있는 책은 《태일이》라는 다섯 권짜리 만화이다. 전태일을 소재로 한 만화책이다. 실제 인물이었 디고, 40년 선 11월에 세상을 떠났다고 얘기해 주었다. 아이들은 태일이가 정말로 그렇게 죽었냐고 물으며 그렇다면 너무 슬프다고 했다.

　우리 학교 아이들에게 가르칠 만한 글, 읽힐 만한 글에 대해 생각해 본다. 머나먼 이야기들은 불편함 없이 가르칠 수 있지만 《태일이》 같은 이야기는 좀 불편하다. 그래도 알아 두면 좋을 것 같 다. 이 아이들이 졸업 후에 서 있을 자리와 받게 될 대우가 '태일 이'의 것보다 나을까. 자극적인 이야기가 될 것 같아 말하지는 않 았지만 비관적인 생각이 들었다.

**졸업을 할 수 있을까?**

영덕이의 지각, 조퇴, 결석이 날로 심해지고 있다. 상업계열 고등학교 1학년인 동생이 사고를 자주 내다가 결국 최근에는 학교를 그만두었다고 한다. 얼마 전 오토바이를 타고 가다가 교통사고를 내서 경찰서를 오가고 있다고 했다. 합의금을 마련해야 해서 돈 버느라 바쁘다고도 했다. 계속 배달 아르바이트를 해 오고 있는데, 이제 낮에도 하려나 보다.

전화로 이런저런 이야기를 하고 정말 힘들다고 하면서 고모께는 말하지 말라고 한다. 어느 날은 잠깐 얼굴만 비치고 간다. 어떻게든 졸업을 시키려고 마음먹고 있다.

EBS의 교육 다큐멘터리 〈학교란 무엇인가〉 시리즈 중에 '영국의 자유 학교인 서머힐' 편을 보았다. 가장 인상적인 장면은 이런 것이었다.

어느 수업 시간, 교사는 교실에서 아이들을 기다리고 있었다. 프로듀서가 교사에게 물었다.

"아이들이 아무도 없는데 괜찮으세요?"

"네, 괜찮습니다. 아마 지금은 공부하기가 싫은 모양입니다. 아이들은 밖에서 자신들만의 놀이나 활동을 하고 있을 겁니다. 공부할 마음의 준비가 되면 교실에 올 것입니다."

그리고 교사는 계속 교실을 지켰다. 수업 준비를 하기도 했고, 그냥 있기도 했다. 어쨌든 자신의 수업 시간에 교실에서 아이들을 기다리고 있었다.

그 모습을 본 순간 ☆공고의 한 장면이 떠올라 마음이 불편했다. 우리 아이들은 교실에서 교사를 기다리는데 교사는 수업에 들어오지 않을 때가 있다. 실습은 네 시간 동안 이루어지는데 네 시간 내내 함께하는 선생님은 드물다고 한다. 선생님이 출석만 부르고 나가는 실습 수업도 있다고 한다. 이것이 3학년 2학기에만 있는 모습이라면 좋겠다.

☆공고에서 3년째 있으면서 3학년까지 성장한 아이들을 보게

된다. 이 아이들을 점점 더 무기력하게 만드는 건 교사들이 아닌가, 내가 아닌가 생각한다. 나는 이 아이들에게 도움이 되고자 한다. 하지만 또 다른 나는 체념하고 포기하고 내버려 둔다.

3학년 2학기에 자격증 취득 시험이 끝나자 전공 수업이 제대로 이루어지지 않고 아이들이 자주 결석을 하게 되었다. 아이들은 하루 종일 전공 실습인 날은 학교에 왜 나오게 하냐고 불평하기도 했다. 학교에서 점심 먹는 것 이외에는 하는 것이 없다는 것이다. 학생들은 교실에 들어오지 않는 선생님을 찾지도 않고, 선생님은 실습실에 오지 않는 학생을 찾지도 않는다. 수업 시간에 선생님들이 아무것도 하지 않더라도 아이들 곁에 있어 주면 좋겠다. 문제 제기를 하지 않거나 할 줄 모르는 아이들과 부모님들을 생각하니 속상하다.

졸업 고사가 끝났다. 우리 반에서 가장 성적이 좋은 대웅이는 동양미래대학 수시 전형에, 상훈이는 인덕대학 사회복지과에, 윤수는 인덕대학 컴퓨터전자과에, 태환이는 인덕대학 기계설비과에 붙었다. 경기도에 있는 신흥대학교에는 두 명이 붙었다. 영호는 폴리텍에 다닐 예정인데, 등록금을 벌려고 열심히 일하고 있다.

기우와 태주는 공장에서 일하는데, 태주는 경민대학 조리과에 입학할 예정이고, 기우는 폴리텍 정시 전형에 재도전할 계획이다. 형욱이는 구로 디지털단지의 작은 중소기업에 취업이 되었고, 태권도 유단자인 세원이는 자신이 희망하던 경호 회사에 취업이 되어 경호원 일을 시작했다. 아이돌 그룹의 경호를 했다면서 자랑했다. 일이 힘들지만 재미있다고 한다.

여진이는 전자회사에 면접을 보았는데 합격하지는 못했다. 장애인을 고용하는 회사인지라, 여진이가 장애 진단을 받아 서류를 갖추면 취업이 훨씬 쉬울 것이라고 했다. 이와 관련된 이야기는 예전에 여진이 아버님께도 드린 적이 있다. 하지만 아버님은 그럴 필요를 못 느낀다고 하셨다. 면접을 보면서 여진이는 세상을 배웠다.

진영이는 1년 반 동안 아르바이트를 했던 피자 체인점에 인턴으로 채용이 되었고, 앞으로 전문대학 조리학과에 진학하겠다고 한다. 진영이는 출결 불량으로 위태위태했는데, 그곳에서는 인정받는 조리사였던 모양이다.

진호는 전문계 고등학교 학생을 채용한다는 기술 부사관 시험을 보려고 했는데, 중학교 때의 어떤 기록 때문에 좌절이 되어 어려움을 겪었다. 뜻대로 되지 않으면 군대에 다녀온 뒤 일을 할 거라고 한다.

병혁이와 지웅이는 가수가 되겠다고 예술전문대학교의 실기 시험을 본 상태이다. 대훈이, 영진이는 신월동에 있는 작은 전자 회사에 취업이 되었다. 영진이는 하루 종일 서서 일하니 힘들다고 하소연하고 있다. 승운이는 학교 방송반 일을 좋아하더니, 야외 방송을 보조하는 회사에 취업을 했다. 무대 세트도 만들고 방송 장비를 설치하는 일을 배우고 있다고 한다.

영일이는 ☆공고 선배가 운영하는 양주에 있는 중소기업에 취업했다. 새벽 여섯 시에 일어나 일곱 시에 통근 버스를 타는 일이 가장 어렵다고 한다. 영덕이는 동생의 일을 고모 모르게 잘 수습하였다고 했다. 사촌 형의 도움을 받은 듯하다. 졸업 후에는 광장 시장에서 일할 계획이라고 한다.

실습생으로 취업을 하는 경우 급여는 80만 원에서 110만 원 정도이다. 3개월 동안 실습이 끝나면 100만 원에서 130만 원 정도의 급여를 받게 된다. 기숙사가 있는 공장의 경우, 야간 조에서 일하면 그보다 조금 더 받기도 한다. 폴리텍에 불합격해 안타까웠던 성규는 양재동의 무선 전화기 회사에 취업했다. 꽤 유명한 중소기업이다. 성규는 연봉 1800만 원 정도를 받게 될 예정으로, 급여가 높은 편에 속한다.

아이들은 이력서를 쓰고 자기소개서를 쓰면서 학교 밖의 세상으로 나갈 준비를 했다. 아이들을 취업시키면서 나도 세상을 배운다. 취업을 나간 아이도, 나가지 못하거나 나가지 않은 아이도 모두 조금씩 불안하다. 일이 힘들지는 않은지 언제까지 다닐 수 있을지 걱정도 된다. 그래도 제 나름으로 길을 열어 가려고 애쓰는 아이들의 모습을 보니 좋다.

우리 반 스물여덟 명 모두 졸업장을 받았다. 특히 출석 일수 때문에 조마조마했던 병혁이와 용근이, 영덕이는 졸업장을 받자 본인들은 물론 부모님들도 기뻐했다. 우울 증세로 힘들었던 영현이도 졸업을 했다. 강당에서 졸업식을 하고, 교실로 와 상을 주고 졸업장과 앨범을 주었다. 대학에 진학할 아이들이 열 명, 인턴으로 취업을 나갔다가 지금까지 일을 하고 있는 아이들이 여섯 명, 오뉴월에 군대에 가겠다는 아이들이 대여섯 명.

그중 대훈이와 영진이는 주야간 교대로 근무하는 게 무척 힘들다고 했다. 영진이는 살도 많이 빠지고 위장병도 심하다고 했다. 당분간 쉬고 싶다고 했다. 여진이는 청량리에 있는 직업 훈련소에서 제빵 기술을 배울 것이라고 했다.

부모님들은 교실 뒤에 서 있고, 우리 반 아이들 모두 마지막 종례를 진지하게 들어 주었다.

"우리 반은 3학년 전체 중에 졸업하는 학생 수가 가장 많은 반이고, 아무도 중도 탈락하지 않은 반이에요. 고마워요. 여기까지 오느라고 정말 고생 많았어요."

우리 반 아이들 가운데 절반은 내가 2년을 봐 왔고, 또 절반은 1년을 봐 왔다. 내 눈에는 모두들 처음 만났을 때보다 예뻐진 것처럼 보였다.

"대학생이 되는 친구들도 있고, 회사에 다니는 친구들도 있고, 군대에 갈 친구들도 있고, 또 잠시 쉬는 친구들도 있고……. 이제 스무 살이 되면서 조금 무겁고 힘들지도 몰라요. 힘든 일이 오더라도 잘 받아들이면 좋겠어요. 주저앉고 싶을 때도 있을 텐데, 그럴 때 너무 속상해 하지 말고 좀 기다려요. 누구나 그런 것을 겪어요. 시간이 지나면 이겨 내는 힘이 생기기도 하니까 힘들다고 포기하지는 않았으면 좋겠어요. 우리 모두 씩씩하게 잘 삽시다."

마지막 인사를 하고 교실에서 아이들과 사진을 찍었다. 몇몇 부모님들이 고맙다는 인사를 했다. 병혁이 아버님도 환한 얼굴로 인사를 하셨다. 성규와 영호는 군대 가기 전에 만나러 오겠다고 했다. 영덕이는 봄에 연락할 테니 광장시장으로 파전 먹으러 오라고 했다. 용근이는 "샘, 안녕! 바이." 하면서 갔다. 졸업식 날에 우리 반 아이들이 모두 나와 주어 진심으로 고마웠고 좋았다.

아이들과 부모님들이 하나둘 떠나고 4층 복도는 조용해졌다. 모두 떠난 교실에 혼자 남아 아이들의 빈자리를 바라보았다.

'올해부터 학급 수가 줄어들면서 교사 인원이 조정되었어요. 그래서 나도 여러분과 함께 ☆공고를 졸업하게 되었어요.'

☆공고 4층 우리의 교실에서 혼자 졸업식을 했다. 이제는 아침마다 '일어나라'고 모닝콜을 하지 않아도 된다. 이제는 '어디냐'고, '학교에는 언제 올 거냐'고 묻는 전화를 하지 않아도 된다. 이제는 어느 밤에 우리 반 아이가 오토바이를 타다가 다치지는 않을까 염려하지 않아도 된다. 이제는 아이들의 무기력을 지켜보지 않아도 된다. 이제 끝이 나는 것인가. 하지만 나는 오랫동안 ☆공고를 졸업하지 못할 것 같았다.

## 일기장을 덮으며

☆공고는 이전에 일했던 학교와는 많이 달랐다. 그 다름이 불편해서 일기를 쓰게 되었다. 불편함의 원인은 학생이기도 했고, 교사이기도 했고, 학교이기도 했다. 그러나 궁극적으로는 '나'였다. 힘들 때는 일기를 많이 썼고 길게 썼다. 일기를 덜 쓰게 되었다는 것은 견딜 만하다는 증거였다. 시간이 흐르면서 저절로 혹은 노력으로 불편을 이겨 내자, 게을러지고 무뎌졌다. 힘들다는 것이 나를 속이는 것처럼 생각되는 시간이 왔다. 그리고 다시, 그런 나를 보는 것이 불편했다. 불편해야 한다고 생각했다. 그 불편이 기록이 되고 기억이 되었다.

☆공고에서 '학교는 무엇일까?' 하는 생각을 많이 했다. 공부를 가르치는 것보다는 아이들과 잘 있는 법에 대해 생각해 보았던 시간이기도 하다. '함께 잘 있는다'는 것을 가르쳐 준 이는 옆자리에 있었던 정윤혜 선생님이다. 선생님과 불편도 아픔도 웃음도 나눌 수 있어서 좋았다.

부족한 글을 읽어 주신 분들, 나의 학교 경험에 관심을 가져 주셔서 감사하다.

마지막으로 이제 스물한 살이 된 아이들, 군대에서 일터에서 학교에서 생활하고 있는 아이들에게 조용히 응원하고 있다고 말하고 싶다.

# 울퉁불퉁한 날들

지은이 | 조혜숙

1판 1쇄 발행일 2012년 8월 13일
1판 2쇄 발행일 2012년 11월 12일

발행인 | 김학원
경영인 | 이상용
편집주간 | 위원석
편집장 | 정미영 최세정 황서현
기획 | 문성환 나희영 임은선 박민영 박상경 최윤영 조은화 전두현 최인영 정다이 이보람
디자인 | 김태형 유주현 최영철 구현석
마케팅 | 이한주 하석진 김창규 이선희
저자·독자 서비스 | 조다영 함주미(humanist@humanistbooks.com)
스캔·출력 | 이희수 com.
용지 | 화인페이퍼
인쇄 | 천일문화사
제본 | 정민문화사

발행처 | (주)휴머니스트 출판그룹
출판등록 | 제313-2007-000007호(2007년 1월 5일)
주소 | (121-869) 서울시 마포구 연남동 564-40
전화 | 02-335-4422 팩스 | 02-334-3427
홈페이지 | www.humanistbooks.com

ⓒ 조혜숙, 2012

ISBN 978-89-5862-523-0  03800

이 도서의 국립중앙도서관 출판시도서목록(CIP)은 e-CIP홈페이지(http://www.nl.go.kr/ecip)와 국가자료공동목록시스템
(http://www.nl.go.kr/kolisnet)에서 이용하실 수 있습니다.(CIP제어번호: CIP2012003289)

만든 사람들

편집장 | 황서현
기획 | 문성환(msh2001@humanistbooks.com) 박민영
편집 | 이영란
표지 디자인 | 유주현
본문 디자인 | 반짝반짝
일러스트 | 조성민